LUNABLUE

ATTIMI DI EMOZIONI

Poesie e pensieri

~ Seconda edizione ~

Le immagini inserite in questo libro sono state reperite sul web in archivi gratuiti, scattate direttamente dall'autore o generate mediante l'utilizzo dell'Intelligenza Artificiale (Dream.AI). Le risorse gratuite provengono da: Freepik, Pexels, Pixabay, Adobe Stock, Dreamstime, Unsplash e Archivio Scultura Veronese.

Quest'opera è pubblicata direttamente dall'autore tramite la piattaforma di self-publishing KDP Kindle Direct Publishing. L'autore ne detiene il diritto della stessa in maniera esclusiva.

Nessuna parte di questo libro può essere riprodotta senza il preventivo assenso dell'autore. Ogni riproduzione totale o parziale e ogni diffusione in formato digitale, cartaceo o audiovisivo non espressamente autorizzata, è da considerarsi violazione del diritto d'autore e, pertanto, punibile penalmente.

Questo libro è un'opera di narrativa frutto della fantasia dell'autore. Qualsiasi analogia con persone realmente esistenti o esistite, con eventi o ambienti reali, è da considerarsi puramente casuale.

Copyright © 2023
ISBN: 9798857184899
~ Indipendently published ~

Dedicato a me,
a chi corre sempre nel vento di una vita troppo distante,
a chi si riscopre ogni giorno paladino del silenzio,
a chi ama riempire gli spazi con emozioni autentiche,
a chi è lontano ma è l'unica cosa che vale.
A mio figlio.

INDICE

Prefazione	9
I	11
II	12
III	13
IV	14
V	15
VI	16
VII	18
VIII	19
IX	20
X	21
XI	22
XII	23
XIII	24
XIV	26
XV	27
XVI	28
XVII	30
XVIII	32
XIX	33
XX	34
XXI	35
XXII	36
XXIII	37
XXIV	38
XXV	39
XXVI	40
XXVII	41
XXVIII	42
XXIX	44
XXX	46
XXXI	47

XXXII	48
XXXIII	49
XXXIV	50
XXXV	51
XXXVI	52
XXXVII	53
XXXVIII	54
XXXIX	56
XL	57
XLI	58
XLII	60
XLIII	61
XLIV	62
XLV	63
XLVI	64
XLVII	65
XLVIII	66
XLIX	68
L	69
LI	70
LII	71
LIII	72
LIV	73
LV	74
LVI	75
LVII	76
LVIII	77
LIX	78
LX	79
LXI	80
LXII	82
LXIII	83
LXIV	84
LXV	85

LXVI	86
LXVII	87
LXVIII	88
LXIX	90
LXX	92
LXXI	93
LXXII	94
LXXIII	95
LXXIV	96
LXXV	97
LXXVI	98
LXXVII	99
LXXVIII	100
LXXIX	101
LXXX	102
LXXXI	103
LXXXII	104
LXXXIII	105
LXXXIV	106
LXXXV	107
LXXXVI	108
LXXXVII	109
LXXXVIII	110
LXXXIX	112
XC	113
XCI	114
XCII	115
XCIII	116
XCIV	117

PREFAZIONE

Ho scelto di restare, ripercorrendo il viaggio che mi ha portato fino a qui, rivivendo scelte che mai avrei voluto fare... perlustrando ricordi e sentimenti, tenendo traccia di tutto ciò che resta per sempre: senza avere scuse.
Condividerò tutto questo con chi amo, con chi non mi conosce, o con chi è solamente curioso di sbirciare attraverso il buco della serratura.
Attimi di Emozioni è un compendio di pensieri accolti nel tempo, attimi di un'assordante poesia che cattura e stordisce...
Ho il sorriso aspro di chi ora sa cosa scegliere e la voce chiara di chi prosegue il suo cammino dopo aver ricevuto un pugno nello stomaco...
Lascerò traccia di me attraverso pensieri, parole, immagini; improbabili chimere di un cuore ostinato a superare sé stesso...
E' la strada che ho percorso con affanno, che mi ristorerà di assonanze, sorrisi, passioni e, che mi farà guardare oltre le flebili apparenze... Oltre tutto quello che ho perso, dove ad attendermi c'è soltanto l'Infinito.

Cerco la mia isola da qui.
Nuvole e venti impossibili
separano la rabbia, ma da chi?

L'unica alba possibile
è quella di un sogno condivisibile
che al risveglio mi porti via con sé...

Inevitabile per me,
che provo a cancellare l'indelebile…

Voglio un gesto
un abbraccio
e che sia solo per me.

{ Albe Impossibili }

Mi accarezzò le mani e fu come
stesse accarezzando l'anima mia.
Non so bene se in quel momento
fossi più mia o sua,
ma non servirono parole.

Soltanto uno sguardo bastò
a parlare di noi alla pelle...

E nel sorriso, una profonda gentilezza
ci trasportò verso l'anelito
di una vita che rinasce...

Se ami veramente, allora non puoi fare a meno di avere coraggio: coraggio di lottare, coraggio di vedere oltre tutto quello che vedono gli altri, coraggio di non scappare di fronte alle avversità, coraggio di dire: "Sono qui con te per affrontare tutto insieme..." Allora si, che si apriranno infinite vie per la salvezza. Perché siamo fatti di una sola grande felicità da condividere…

Nell'ultimo sprazzo di mondo
ti vengo a cercare
mentre fluttua il desiderio di riconoscersi
tra la spuma delle onde del mare
e il palpito di carne stanca
che non cede e non duole
se non a notte, distesa
su un letto di parole e sogni.
Nel cammino che andrò a costruire
non ci sono ostacoli, né destinazioni;
c'è la voglia di amarmi
di perseverare il bene
di incrociarti su quel sentiero
che inizi a desiderare.

Un giorno ci incontreremo
a mezz'aria
e li potremmo decidere
se fonderci e risplendere
o abbracciarci e volare.
Tu intanto prepara il cuore
che si prenda cura di
ogni piccolo dolore.
"Che si alimenti l'Amore!"
fu detto dai Maestri,
ed io su quella strada
saprò di incontrarti...

Siamo unici e distanti
siamo i nostri sogni infranti.

Siamo impavida passione
siamo il cuore che non muore.

Dagli occhi sgorga
l'anima
nella sua forma liquida,
e ci permea.

Sei amore.

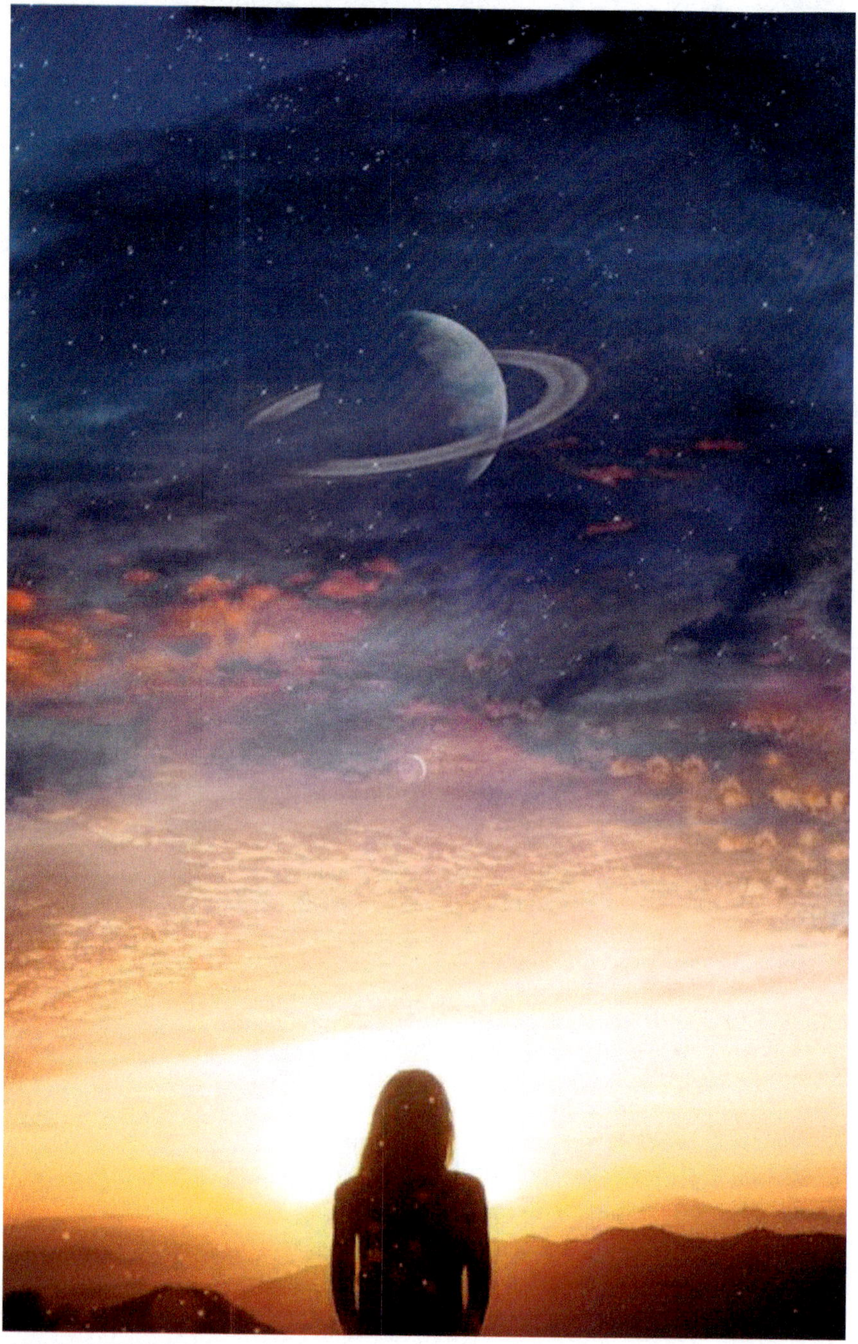

Custodisci te stesso.
Custodisciti
come frutto di mandorla intatta
da donare a chi ami
e a chi ti ama...
Perché quello che si scopre nella meraviglia
è per sempre.
Emozioni subitanee,
impreviste, involontarie,
non le puoi fingere
e per quanto tu possa nasconderle
allontanarle, destinarle
a una parte sepolta e recondita di te
traspariranno sempre
a chi è in sintonia col tuo sentire.
Custodisciti, perché gli altri per te
non vogliono sempre il bene.
Preferiscono giocare facile,
ergersi a giudici e puntare il dito,
coprendosi intanto, con l'altra mano
gli occhi all'immenso, alla meraviglia,
alla magnificenza del karma
e della sua misericordia.

Il saggio utilizza il suo potere
per costruirsi dall'interno, per
illuminare le parti buie di è
che non gli consentono di
trascendere la realtà in cui vive.

D'altronde, cos'altro è il buio
se non l'assenza di luce?

Egli usa il cuore per capire
la direzione in cui andare e
per insistere, la mente per capire
quando fermarsi.

Nell'ora più triste arriva lo sdegno,
pulsione di sangue e sopraffazione.
Arriva all'alba,
tra lacrime di dolore,
quando è più difficile
dissolverne il disincanto…
Raggomitolata e
in ricerca costante,
riscopro la preghiera
a un apostrofo circolare
di chi ha l'alibi perfetto
per fuggire ogni maledizione.

L'uomo utilizza spesso
la consapevolezza della
propria ignoranza emotiva
per sbarazzarsi
della Verità.

L'opinione che gli altri
hanno su di te
non definisce
la tua unicità,
né il tuo potenziale.

Amami vita, asciugami le lacrime
dolore e fango tutt'attorno,
non riesco a respirare...
Amaro è il prezzo di questa solitudine.
Solo un pensiero per restare,
quello dedicato a te...

Tutto ciò che eravamo sembra volato via… dissipato nel nulla
da un alito di vento freddo e nero…
…e aumentano le distanze…
…e aumentano i silenzi…
indaffarati come siamo nel prenderci cura
di ogni singola azione, a trovare
la giusta collocazione ad ogni parola…
…ascoltiamolo questo silenzio…
…non ne aver paura…
…se vuoi t'insegno a respirarlo…

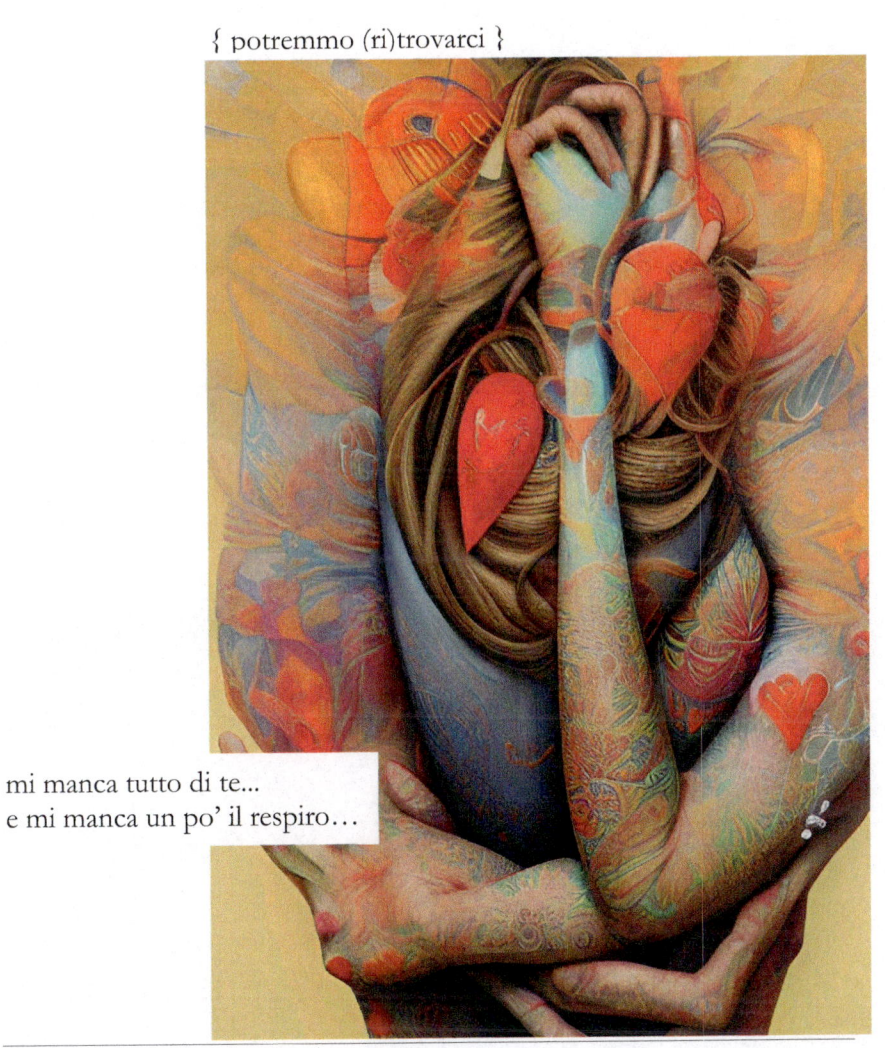

{ potremmo (ri)trovarci }

mi manca tutto di te...
e mi manca un po' il respiro…

...
..
.

mi rivolgo a te, a te che solo sai
a te che solo sai ciò che sono,
ciò che è stato e ciò che sarà
e, non posso fare altro che affidarti
tutta la mia vita e ciò che mi appartiene...

d'altra parte io potrò...
cercare di far meglio

evitando distrazioni
evitando distruzioni.

Lasciami così
a te vicino
e a chi porto nel cuore...

♥

{ Tutto in una notte }

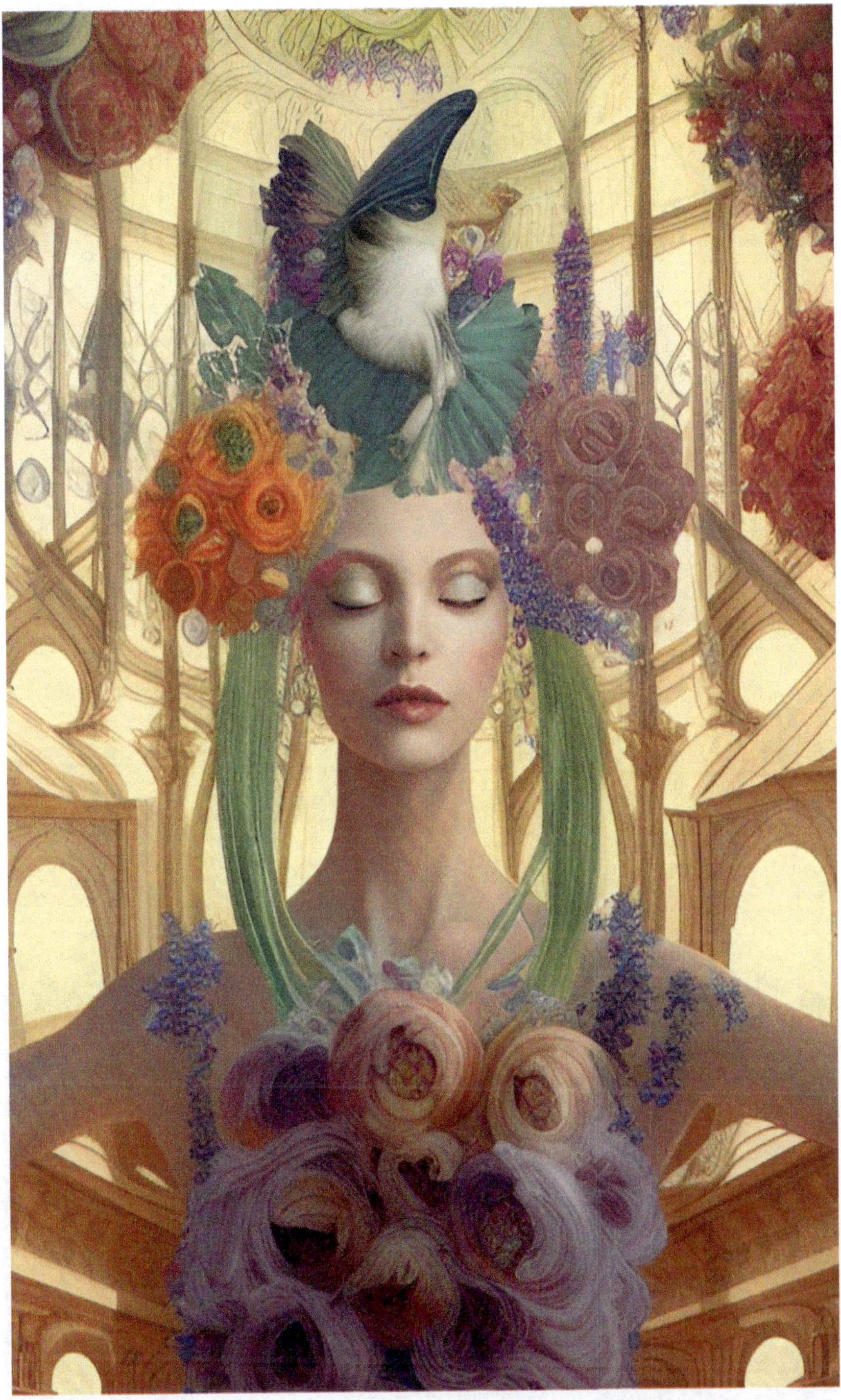

All'alba risali l'intangibile
    distruggendo le resistenze
        e lasciandoti fluire.
Si disgregano le ombre
    e i costrutti mentali,
        sgorga nuova linfa dal cuore.
Redimi l'anima
ritornando all'Uno,
    alla Sacra Alleanza
        col sentire divino.
            Porta di acqua di mare
        abbattimi le inquietudini
    e donami la saggezza
        di liberarmi dagli errori.
    Si trasforma il sentire,
  l'innata percezione di infiniti colori
si amplia con una gamma d'istinti
        mescolati a mancanze.
Trattieniti ciò che mi è stato tolto,
    alimenta la lentezza del tempo
e la distanza tra le coscienze qui intorno,
        ma lasciami la speranza.
    La speranza nel mare tempestoso
    e nei suoi indefiniti tesori...

Parole che sciolgono il dolore
colmando spazi
costruendo ponti, a
scongiuro di distanze
in cui esitiamo
tristi e malinconici.
Parole come balsamo
su ferite stese al sole:
secche, aride, impietrite.
Momenti di condivisione
per chi sa di appartenersi,
oltre i vuoti e le separazioni...
/
{ I figli di un tempo da recuperare }
/
E poi un giorno...
ci ritroveremo
magari innamorati,
magari pronti a sceglierci...
Oppure continueremo
ad essere così stupidi
da lasciare che parli per noi
la morbidezza...
di
un divano,
una coperta calda o
un romantico abbraccio...
O...
Sarà la sorpresa di due occhi
che incontrandosi,
dopo essersi sfuggiti a lungo,
sapranno (in quell'esatto momento)
di volere la stessa cosa.

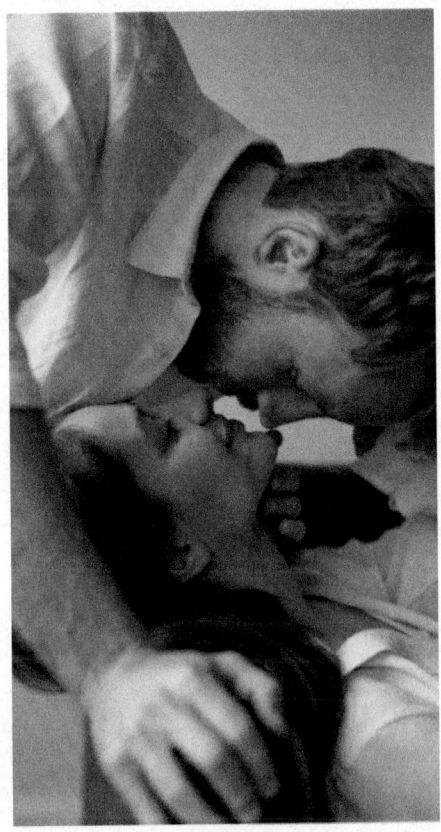

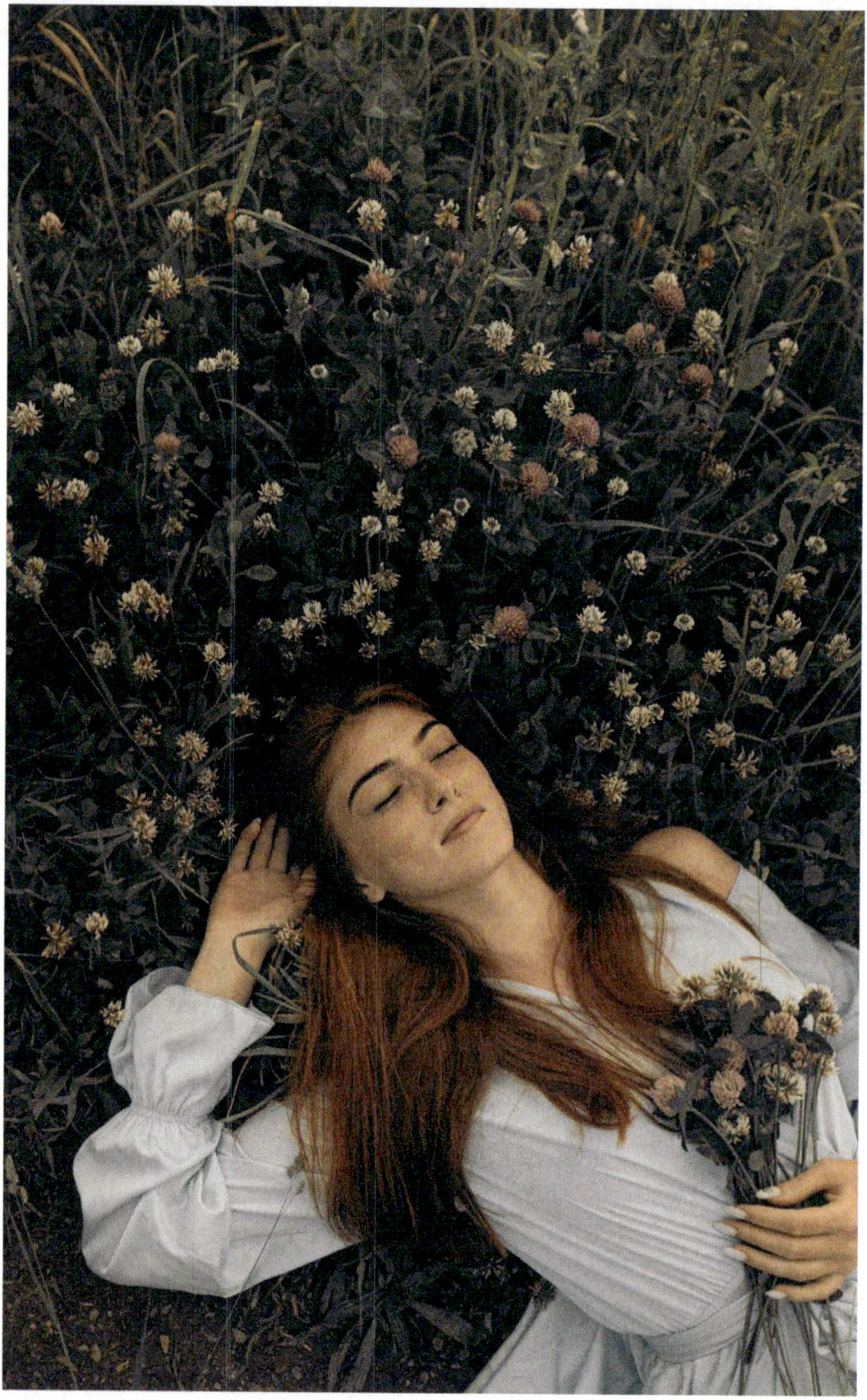

Immagini ripercosse
stanche, avulse
si affacciano scrutando attimi di felicità.
Sono sinceri e inascoltati.

Ho le gambe stanche, non riesco a camminare.

Ascolto quella voce che mi spinge a non mollare...
A raccontare per la memoria,
a raccontare affinché il dolore non vada perso.
A raccontare affinché non si ripeta,
affinché se ne ricordi il senso.

È come un fuoco che consuma
e rapisce i ricordi più belli,
gli anni, e persino i sogni...
m'impedisce di vivere
compiutamente, il mio proprio modo.

In qualche modo lo dipingerò,
in qualche modo ci ripiangerò su,
senza stare ad ascoltare chi continua a dirmi
di non pensarci e di andare avanti...

È una cicatrice...
un taglio nella pelle che mi distingue, dagli altri
e dalla me stessa che avrei voluto essere....

Accolgo libere le digressioni
di pensieri e dei dolori.
Di quello più grande, in cui ho perso tutta la vita...

Non sono ancora abbastanza le lacrime,
me ne accorgo entrando nel fitto del dolore,
rimuovendo il tempo ed abbracciando con coraggio
quella parte di me che non sa ancora da che parte andare.

Mi siederò, intanto, accanto ai ricordi,
cospargendoli di rose e inebriando
col profumo tutto qui intorno.

Darò forma a quanto mi ha stravolto,
a quanto mi ha cambiato e squarciato nel profondo.
Sarà la più perfetta.
Sarà il mio modo di ringraziare
per aver riscoperto davvero chi sono.

Piaccia a questo cuore
e goda la mia lealtà
nell'ammirarti libero
nelle lucide mattine
che trascorri discorrendo
tra fantasie e colori,
mentre vinta d'amore
con lo sguardo scruto
e bramandoti racchiudo
di dolce passione
l'immagine tua chiara
dentro ogni piccola emozione...
Consapevolezza di un amore profano
al calar della notte...
E' solo un fiore
che reca in seno il motivo
del mio tanto ardire,
celato tra i sogni
che scorrono veloci,
come una parola leggera
soffiata dal vento
tra i rami insidiosi
di un bosco...
Lascia deliziosamente intuire
questo mio sconsiderato cuore
e canta passione ogni giorno,
compresso dall'indomito amore,
che non cede e non muore
e in riva al mare
disperde il suo tempo,
e da solo s'affligge
di perdere il quieto vivere
se ogni istante, sospirando,
va incontro al tuo viso...

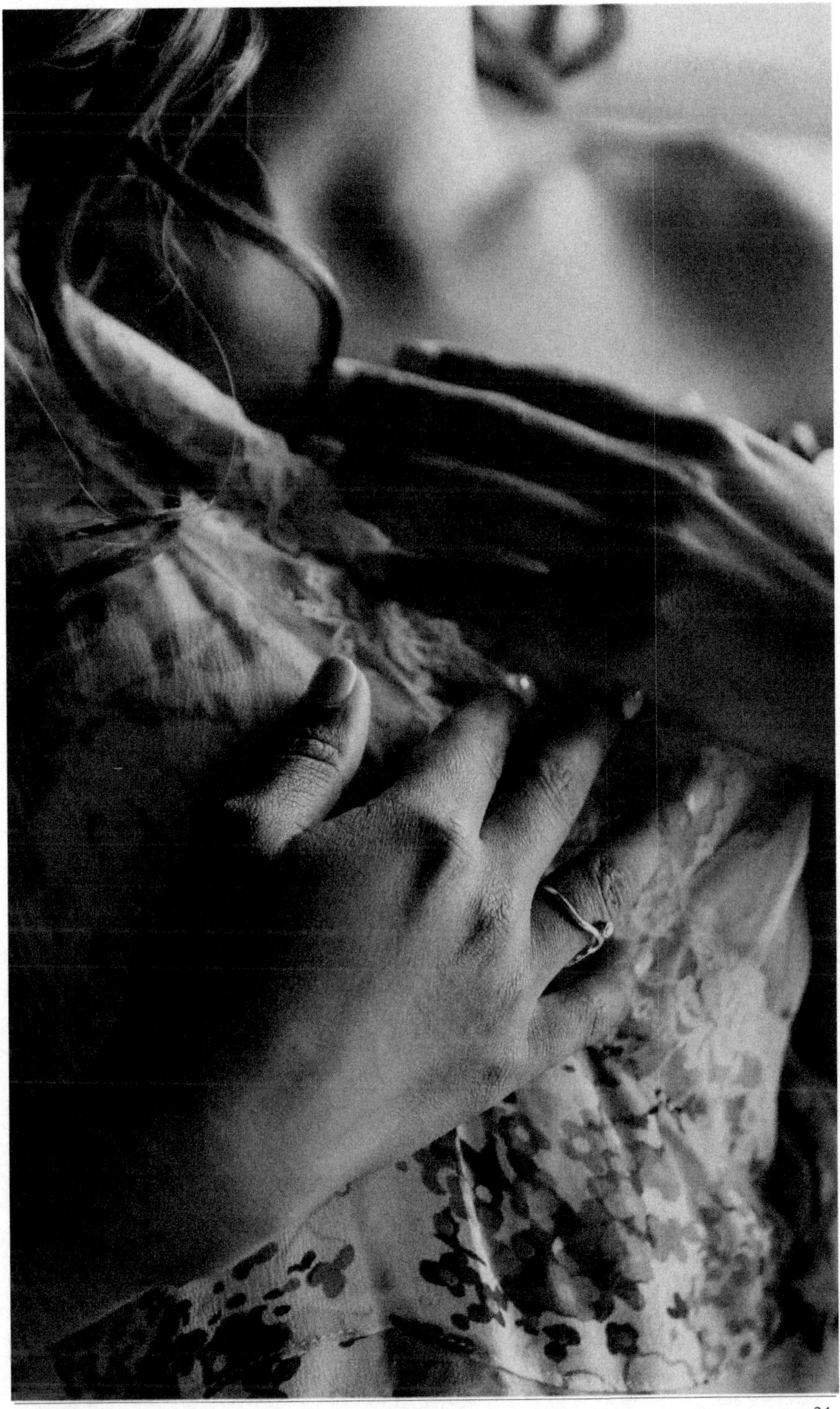

Alza il tuo sguardo,
affidalo all'orizzonte.

Attorno è un posto
meraviglioso.

{ Cedo al labirinto dell'ultimo contatto }

D'un tratto sfiorì l'estate,
signora docile ed inquieta,
e quella sottile armonia
culla di pensieri.

Inchiodati dal consueto
in attimi di lucida follia
osserviamo il tempo
senza più
la consapevolezza
di volare...

Porte sulla memoria
vanno chiudendosi
dietro ai miei passi
lasciando posto al riso...
m'illudo
d'esser sempre me stessa,
e non m'accorgo,
elogiando i miei démoni
d'averti posseduto l'anima...

Sarà sorprendente
ritrovarsi nuovamente nudi
di fronte alle nostre illusioni.

{ Oltre la promessa, nel fuoco di un sospiro }

Laddove
si vive di inganno
e di manipolazione,
non vedrete mai
crescere le rose...

Oltre, e nell'incertezza del buio
gettasti il Tuo grido
su orecchie protese all'ascolto.

Visi straziati invocavano il Cielo
con occhi perduti nel dolore.
...e su di essi tuonerà
la Tua voce...

(tra un solo, fatidico, istante)

Sorridi,
mentre il vento
mi sospinge al baratro.
Non riconosco più le tue mani,
tratto spigoloso e asciutto
del non sentire.
Sulla pelle, immobili,
si rifiutano di custodire,
impastandosi con deliri
e sconsacrazioni
scavate nel profondo.

Scivolo all'inferno, ma è solitudine.
È carbone e cenere
di un mondo che non vede.
Ci volevo entrare?

Ci dovevo entrare.
Avrei superato ogni terrore.
Ma aperta la porta, lei era lì,
con occhi salvifici e disperati.
Mi ha cercato, nella speranza
che non lasciassi andare tutto.
Il suo urlo materno ed assennato
mi sconvolge,
polarizza ogni sentire.

Chiamano dall'alto i nobili sentieri.
La luce del destino instrada
verso ciò che è lì da sempre.
Non so bene se fu o è ancora,
ma non c'è più solitudine.

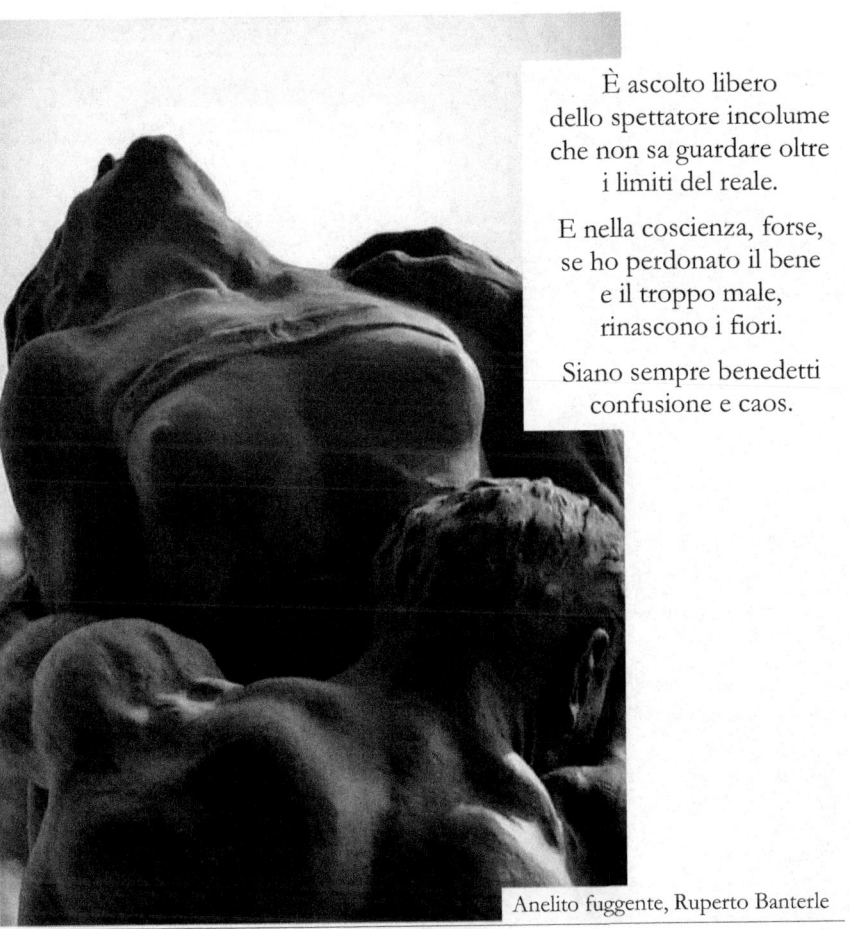

È ascolto libero
dello spettatore incolume
che non sa guardare oltre
i limiti del reale.

E nella coscienza, forse,
se ho perdonato il bene
e il troppo male,
rinascono i fiori.

Siano sempre benedetti
confusione e caos.

Anelito fuggente, Ruperto Banterle

Ho disperso
gocce di sguardi
nell'oceano
della memoria

...e vago
per nutrirmi
dei tuoi pensieri
inespressi....

{ Abboccherò alla fragilità dei ricordi }

Assurda è la vanità di prevedere
le reazioni altrui, di sedimentare
ogni sorta di sentimento
per poi farne "miglior arma" di difesa.
Questa è la distanza.
Troppe sono le variabili,
le condizioni umane
e le leggi del mondo
per praticare
costruttivamente
qualcosa che sia
anche di poco
distante dalla realtà.
L'unica distanza positiva
è quella dall'attaccamento.
Genera sempre i nostri migliori frutti.
Autentici. Sempre.

Abituata a cadere,
a ritrovarmi da sola
nel cuore della notte.
Oramai, senza paura.
Con le lacrime agli occhi
lavo via il dolore e
costruisco nuove soluzioni
all'ovvio,
alla desolazione.

[Nel mentre]

Mi spaventano i brividi,
quell'improvvisa sensazione
che si estende e divampa
quando i tuoi occhi, prepotenti,
ricercano i miei.
Incastro perfetto.

È familiare l'accettazione,
riconoscibile la condivisione.
Travolgente l'attenzione.
Fatica il respiro,
cerca ristoro, mentre vivo
l'apnea dei ciclici distacchi.
Mi spaventano quei brividi,
potrei crederci ancora.

[Ma No, non D (...)].

Mi spaventano quei brividi.
Potresti scegliere, tu adesso,
di condividere tutto.
E stavolta, potrebbe,
essere per sempre.

Quando ciò che ti imponi
ti impedisce di progredire
è giunto il momento di rivalutare
qualche punto fermo.
La felicità non è un punto d'arrivo, ma
la strada che percorri verso la meta.
E, anche se non sai se si tratterà di
sollievo o di condanna, continui
a vedere la tua strada prima
del resto del mondo.
Anche quando il cielo è coperto.
Anche quando il sole è lì, inchiodato
dall'altra parte delle nuvole...

Baci rinnegati,
naufraghi di mille sere,
mi hanno già portato
tutta la verità.

Non sei soltanto sogno.
Sei distacco e tuono
su arsura dirompente,
ciò che mi consuma.

Ti seguirò tra sole e buio,
soltanto dove il mare
si farà riparo.
Solo lì ti seguirò.

Sorridimi forte
per ritrovare l'amore,
mentre abbraccio quei pensieri
che mi faranno andare
dove di baci prudenti
non me ne daranno mai.

E stringimi.
Stringimi forte.
Rimanimi sulla pelle tutto il
tempo,
più del tempo trascorso
in luoghi appassionati
nascosti dentro te.

[A labbra schiuse,
fissandomi,
me li racconti già.]

Impatto forte,
le paure accecano
e desidero la fuga.
Desidero scappare,
tagliare l'aria immobile
perché è soffocante.

[Cerco intanto,
tra le righe del viso,
di nascondere il cuore.]

Ma sò che un giorno,
all'improvviso,
sopraggiungeranno
magia e mistero,
portandomi dentro
un bacio denso e vero.

Tu hai già deciso.
Tu avevi già deciso.

Adesso, vuoi portarmi via con
te.

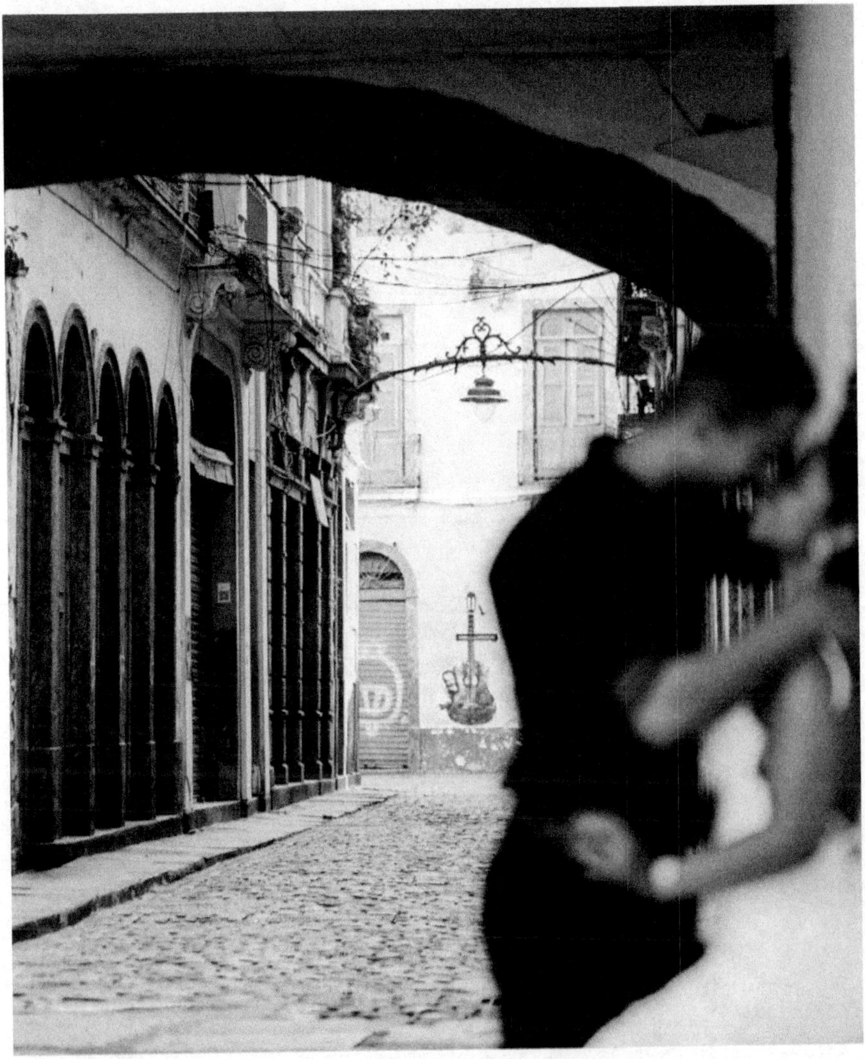

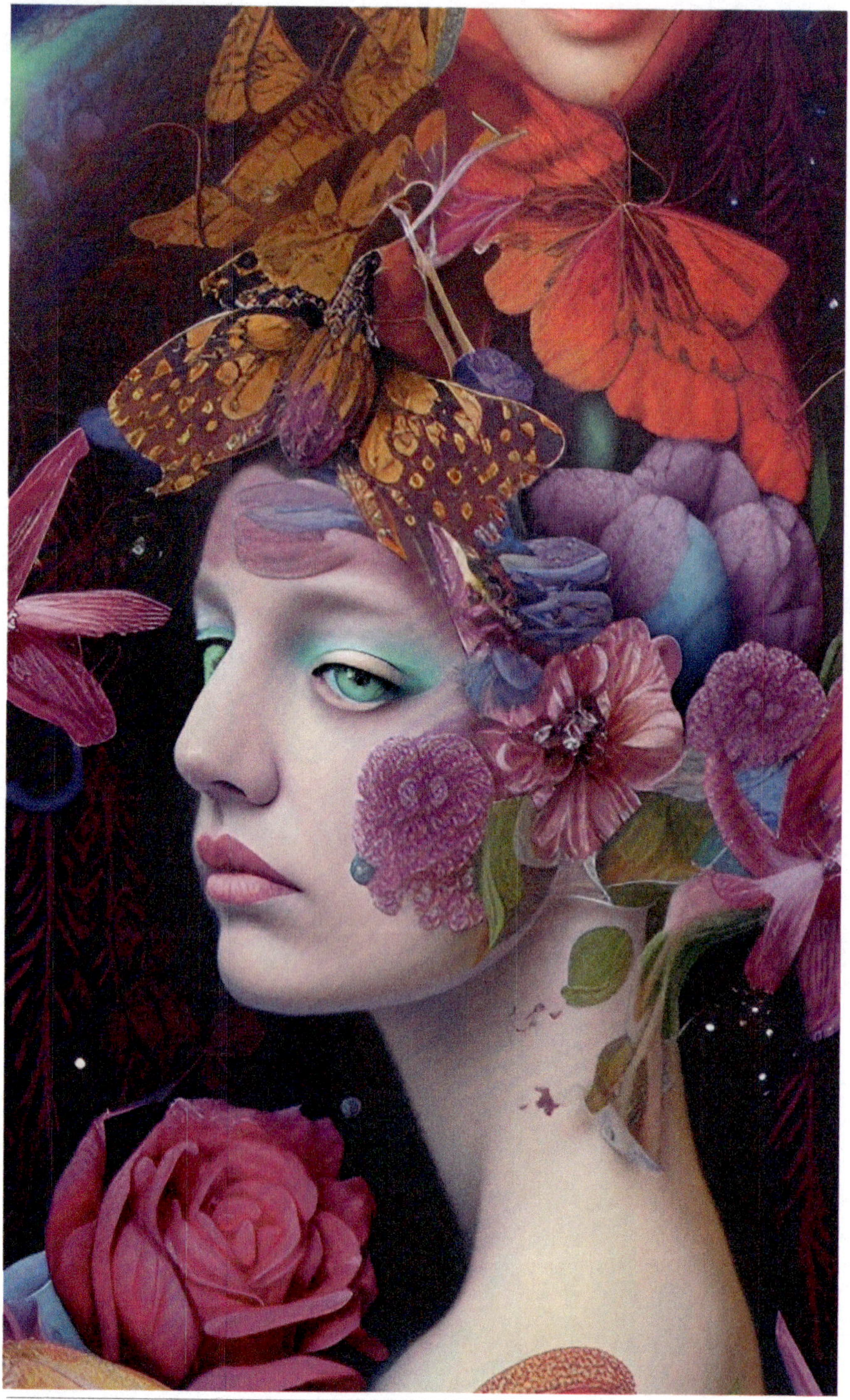

Ti diranno tante cose
che non ce la farai
che stai sbagliando
che non condividono il tuo modo di pensare...

Resterai sempre diversa...
diversa da tutto e diversa da loro

tu non ascoltare...

fattela compagna questa solitudine
che ti accudisce nel cuore della notte...
ti dona calma, pace e riflessione
ma porta anche la tristezza...

quella tristezza che dagli occhi
non sei mai riuscita a togliere
facendola diventare parte di te,
di quel vestito che quotidianamente indossi...

è quella storia che non riesci a raccontare
è quella stessa solitudine
che si trasforma in beatitudine...

Chi ti guarda sa, immagina...

immagina gli errori, le stranezze, le tristezze

chissà se riuscirà mai ad immaginare il tuo dolore

tu non ci pensare

ognuno ha il suo di dolore

anche se il tuo, adesso, sembra un po' più grande

...

..

.

Dalla confusione nasce la scelta,
strumento e traiettoria
della direzione del cuore.

Dalla chiarezza nasce l'azione,
impulso e realizzazione
della visione della mente.

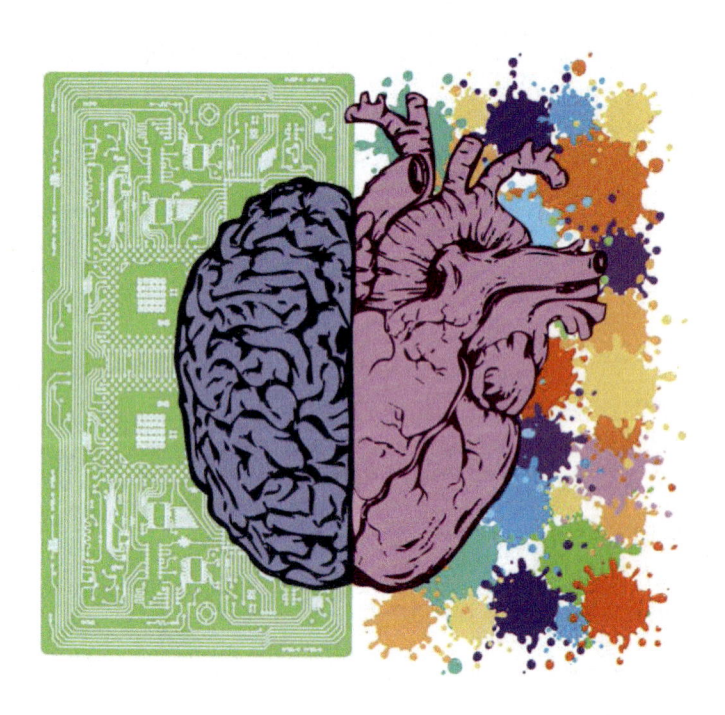

Al mare invidio
    la fierezza delle onde
      durante la tempesta.   Fragore ribelle
          al resistere del tempo.

  Magico sgomento
      ritovarsi sopravvissuta
          in una vita troppo   simile a se stessa.
                                    E nella notte
        il buio dell'accoglienza
            tesse tele
    incastra trame
        che preludono dolci
              e spiazzanti naufragi.

  Mi faccio mare,
      ancorata tra i pensieri,   incastri perfetti
          su distopiche illusioni.

  Avanzo a piedi nudi,
      scorgendo nel lontano,
    brame funeste,   recondite utopie.

Se il mare è tuo fratello, vienimi a cercare…

Arriva un momento nella vita
in cui non hai più bisogno di molte cose,
non hai più bisogno di piacere a tutti i costi
né di dimostrare qualcosa a qualcuno...
E perdi la paura,
perdi la paura di perdere
e di perderti, e capisci che
ciò che non è tuo, in realtà, non lo è mai stato...

La vita è un
caleidoscopio
e tutto accade
per portare esperienza
e saggezza...

Creami un sorriso
che non si dissolva
al passaggio del vento,
che s'incastri perfettamente
tra i riccioli e si adagi
dolcemente sul cuore...

Abbi fiducia nelle possibilità
anche quando ti sembrerà
di non poter cambiare molte cose.
Abbi fiducia nei tuoi piccoli sforzi
che potranno influenzare
e indirizzare il percorso.
Lasciati trasformare,
adempi al destino
adottando le tue migliori
sensibilità.

Ascolta quei silenzi pieni di vita
scrutane i segreti
adatta il suono al tuo cuore
comprenderai che la dolcezza
è a un passo dalle tue mani.

Piove,
il velo dell'acqua
scivola sul mio corpo
come un manto
tessuto di agonia.

Lucente siffatto desio
spinge soave
la tremule voglia
di felicità...

Non porre resistenze nei confronti della vita,
ti manda sempre ciò di cui hai bisogno
e se qualcos'altro te lo nega è per aprirti
a mondi più grandi di quelli che avevi immaginato.
Le avventure degne di essere raccontate sono quelle
non programmate, quelle che semplicemente accadono
quando inizi a mollare la presa e a perdere il controllo.
Fa male, certo. Ma sfumerà nel cielo, mentre
le grandi vele della tua nave taglieranno i venti di nuovi "oceani".
Forse hai perso la tua fiducia in qualcuno, qualcuno che
non ha rispettato la sua parola. Certo, eri in buona fede,
ma la buona fede non può essere motivo
di perdita della tua bussola interiore.
L'unico punto di riferimento sei tu, sempre tu,
e probabilmente, te lo sei solo dimenticato.
Tieniti la fierezza del fatto che avresti
portato avanti l'accordo senza cadere
nel giudizio avverso e nelle opposizioni altrui.
Non giustificarti puntando il dito contro l'altro,
perderesti energia preziosa, perciò assolviti.
Assolviti adesso, perché l'unica cosa da fare
era ascoltare meglio... te stessa.
Sei un essere saggio e forse quell'altro ha solo anticipato
una tua scelta, che non ammettevi e non avevi
abbastanza coraggio di fare.
Sei in viaggio, come tutti. Finirà come tutti.
Nel frattempo stupisciti di te
e di quanto più in alto puoi andare se lasci giù pesi e zavorre.
La leggerezza disarma.
E ti fa volare alto, immune...

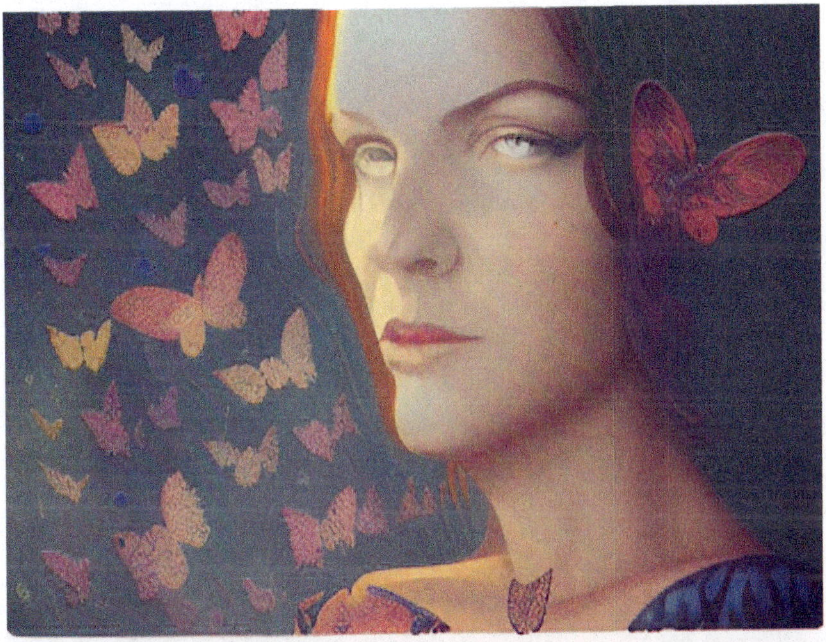

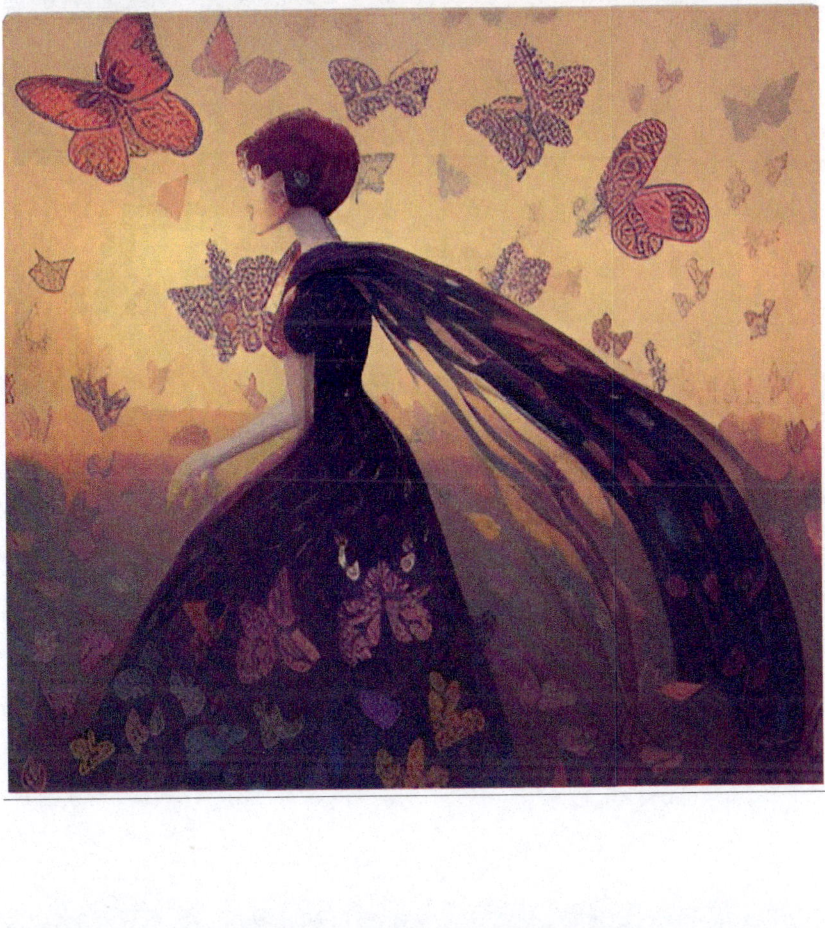

Ciò che la Vita ha deciso
di farti arrivare, è
tuo per diritto divino.
Sta a te decidere se viverlo
come un dono o come
una maledizione.

Nello stesso pensiero,
nel battito espanso
del tuo cuore sul mio
sciolgo le incaute ossessioni.
Fermami dentro a un abbraccio.

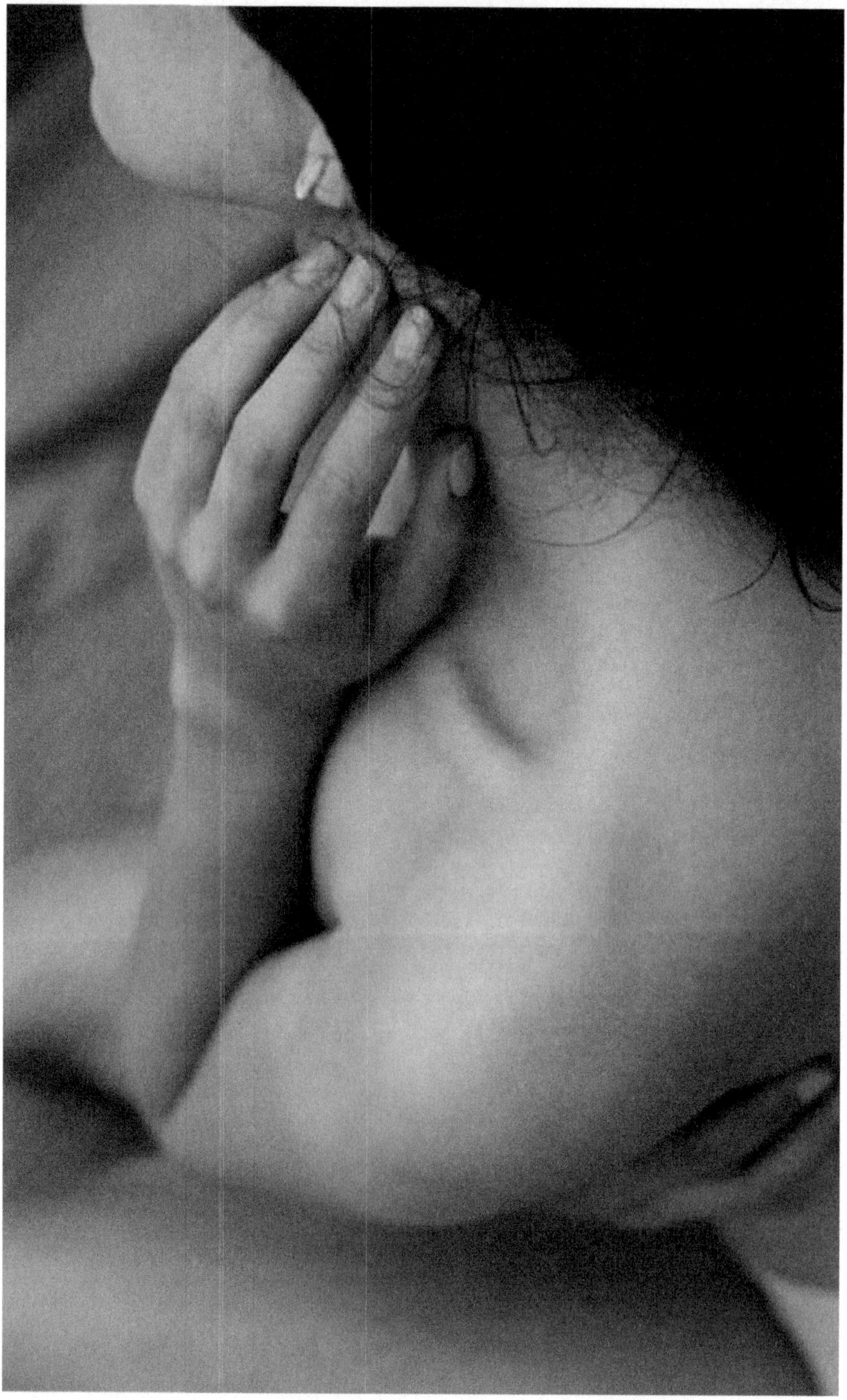

Notte insonne
Coi pensieri
accarezzi l'aria
mentre con gli occhi
provi a disegnare sogni.
Affiora dirompente
il desiderio,
nel dolce sorriso che
anela al perdersi.
Rivivo
dietro le quinte
di ciò che hai trascurato.
Segnali impetuosi in
tutto il mio non-essere.
L'eternità di un bacio
rende crepuscolare
quell'ultima occasione
di sconfiggere il dolore.
Proveremo a non morire...
Intanto.
Offri a Dio questa notte,
affinché ci conceda di
essere liberi dagli inganni,
di superare ogni desolazione.
Possa perdurare
la dolcezza di una notte,
morbida e stravolgente,
quanto ciò che (con te) vivo.

Oltre ciò che è giusto.
Oltre ciò che è sbagliato.

Nell'attesa che si riveli l'incanto,
la tua anima già mi abbraccia

avvolgendomi di un caldo respiro...

Quando ti prendi del tempo per sorridere
vuol dire che qualcosa dentro di te
sta già guarendo...

Sto imparando.

A non prendermi troppo sul serio.

A guardare oltre i limiti del reale.

A non sedermi ad aspettare.

A sentirmi libera
e persino,
a camminare da sola in riva al mare.

Intanto, ho imparato.

A parlare al mondo
come se fosse al mio orecchio.

Ad aprire il cuore e a sentire tutto.

A respirare senza avere destinazione.

Ad essere gli occhi del tutto
che si ricompone dentro al mio sguardo.

(R) esisto.

Il desiderio di te
ha creato un nascondiglio,
un posto sicuro
ancorato
in fondo al cuore.

Offre sicurezza
questa cospirazione
figlia della fuga,
tregua dal dolore.

Scambiamoci protezione
e balsamo di baci
guarendoci gli spasmi
della lucida desolazione.

Ferita irriducibile
che la carne ha ereditato
resti sopita nei rifugi,
ma noi siamo introvabili.

E non sarà la felicità,
ma noi sì.
Saremo
persi e ritrovati.

L'uomo giusto non ti completa.
L'uomo giusto non si rispecchia in te.
L'uomo giusto non cerca "l'altra metà della mela".
L'uomo giusto è già consapevole
di ciò che egli stesso è.
L'uomo giusto è compassionevole e agisce per la
costruzione di una realtà condivisa.
L'uomo giusto si prende cura della tua essenza,
proteggendola segretamente,
come un mercante di spezie orientali.
Soltanto quando lo avrai incontrato, capirai che quanto
di più prezioso possa averti concesso
la vita non sarà tanto dissimile
dalla bellezza di due mele intere
che condividono la propria interezza.

Apprezza ciò che sei, perché tu sei amore
quell'amore che cerchi in ogni cosa
e in ogni dove.
Accogli ciò che sei, perché tu sei ciò che
cerchi di essere, ciò che tu vuoi essere,
tu sei la vita che crea la tua vita...

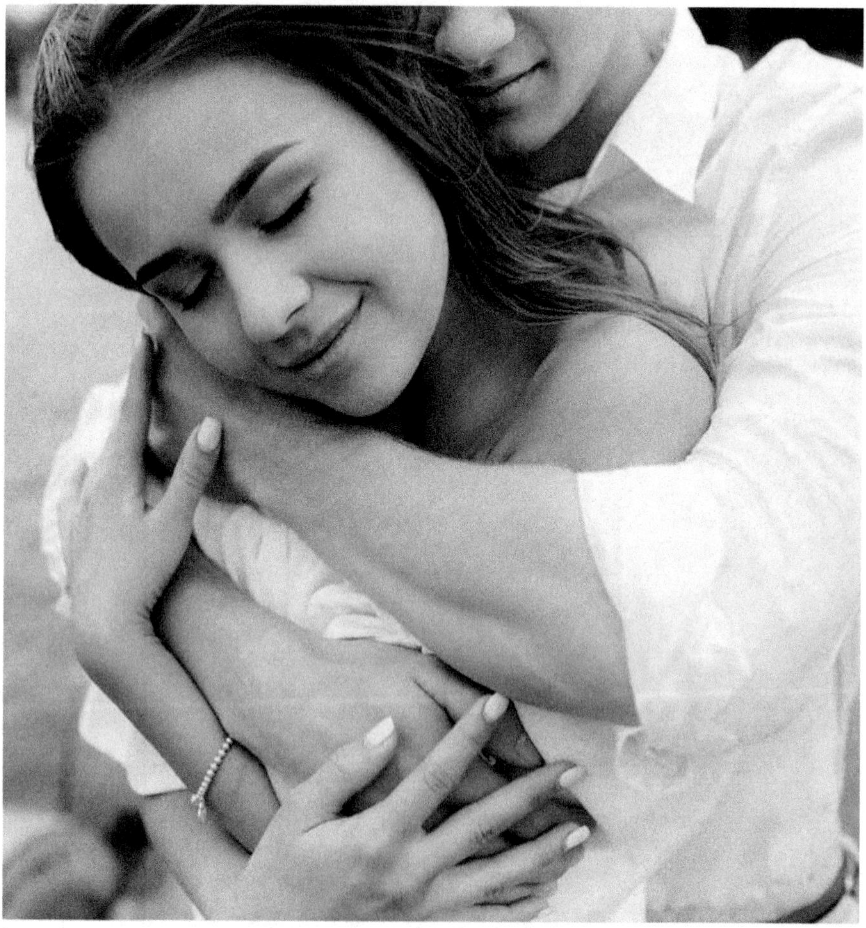

Anima sottile,
di gesso e panna,
accarezzi i pensieri.

Spregiudicati sorrisi
arrossiscono con candore.
S'incastrano su rughe attonite,
in cerca di assoluzione.

Dei timidi disastri,
nascosti tra le nuvole,
ne percepisco il senso
e la sconfitta.

Amore sconsiderato,
inverso ed improvviso,
che distacca dalla sintesi
del reale.

Antitesi estenuante.
Traboccanti e involuttuose,
le anime si desiderano,
fuorviando contesti
e altrui opinioni.

Spacca il vuoto
questo vento.
Trasporta,
con purezza inaspettata.
Travolge,
di feconda ostinazione.

E ora?

E ora, è che
non abbiamo più fiato,
non abbiamo più scampo...

Ergiti maestosa
su tutte le paure,
attitudine onesta
di scambi e condizioni.

Avanzi lentamente
dagli spigoli di cuore
risalendo a quella porta
testimone degli amanti.

Non c'è voce,
sentimento.

Istantanee scolorite,
inanellate su
arsura e pioggia.

E fintanto che permane
il flebile sgomento,
riconsideri la tortura.

In attesa dell'autunno
si svuota la coscienza,
immaginando altrove
l'ascolto di racconti,
di segreti,
e di sublimi antologie.

Sei bella quando piangi
e (forse) ti perdoni,
incautamente distratta
da prospettive contingenti.

Accolgo tra le braccia
il tuo disequilibrio,
nel bisogno tantrico
dell'erotica passione.

Sei forza oceanica
profonda e dirompente.
Turbinio tra le onde
e le spire dei pensieri.

Incontenibile e disastrosa,
sgorga la devozione,
passione liquida
al cospetto degli angeli.

Sei forma e superamento
di ogni mio confine.
Sei ventre e turbamento
di ogni mio respiro,
dapprima generato,
poi, profuso al sole.

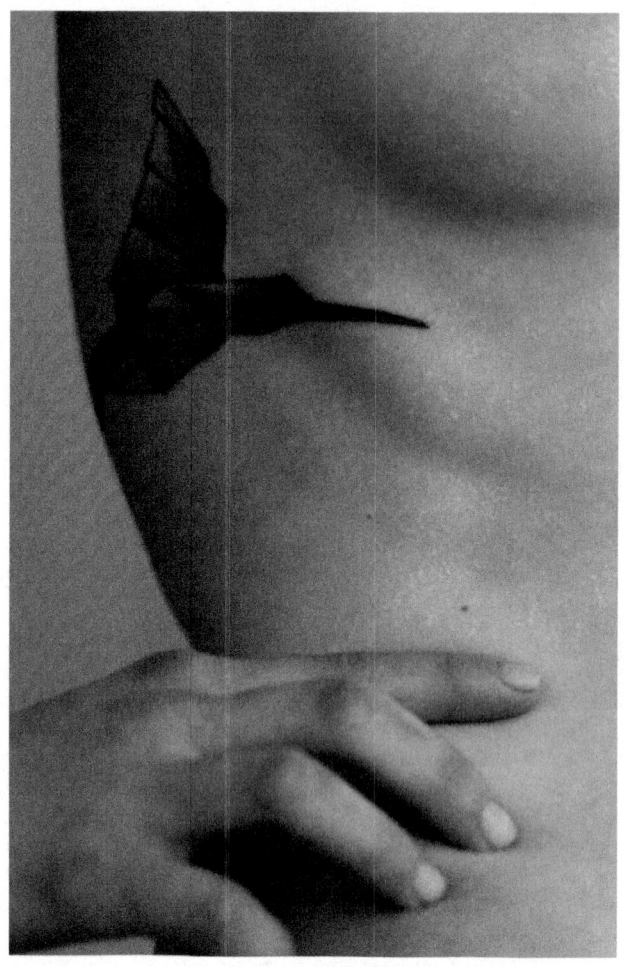

Risorgo alla speranza
di un fragile pensiero.

Il battito latente
sconfigge, a poco a poco,
inganni e turbamenti
celati nel profondo.

Folli ripensamenti di
affetti mal riposti
custodiscono la via.

Meno precario diventa
l'inizio che conduce alla
trasmutazione del divino.

Rischiara il giorno,
mostra orizzonti
di incastri destinati,
prepotenti e percepiti,
da sempre meravigliosi.

Verità oscura,
melodia incompiuta
rimedio alla paura.
Richiamo dei ricordi,
voce eterna
accecante.
La risposta è nella fuga.
L'ombra rivela
i pensieri nascosti.
Tra i ricordi
si distende (prudente)
la speranza.
Fortifica il buio,
riaccende il fuoco.
Ciò che giace nell'oscurità,
abbandonato,
talvolta,
può mostrarti la luce.

Adesso dimmi se questa è follia
o se di notte immagini anche tu
di disfarci sulla pelle...
di stringerci così forte
da traspirare amore,
da dissolvere
ogni singolo pensiero,
per dirci tutto quello
che abbiamo sottaciuto...

Adesso dimmi se vivi l'immaginazione
dell'essere in simbiosi
ogni istante, in ogni posto,
anche quando siamo lontani.

Ogni istante.
In ogni istante,
questa fragile ossessione
mi allontana
e mi lega a te intimamente...

Faccio un passo più vicino, adesso
...prendimi per mano.

Lasciati osservare.
Voglio sfiorarti in silenzio.
La mente è libera.
Il corpo proteso.
L'anima espansa.
Sei incanto.

E c'è la delusione di ogni speranza
che cancella la memoria...
E ci sono le lacrime a scavare nel dolore
per renderlo indelebile...

Il peso dell'assenza è direttamente proporzionale
alla difficoltà di trovarci un senso...

Ho milleppiù parole rinchiuse nelle tasche...
Ad occhi chiusi proverò a raccoglierne
il tepore che le farà resistere al domani...

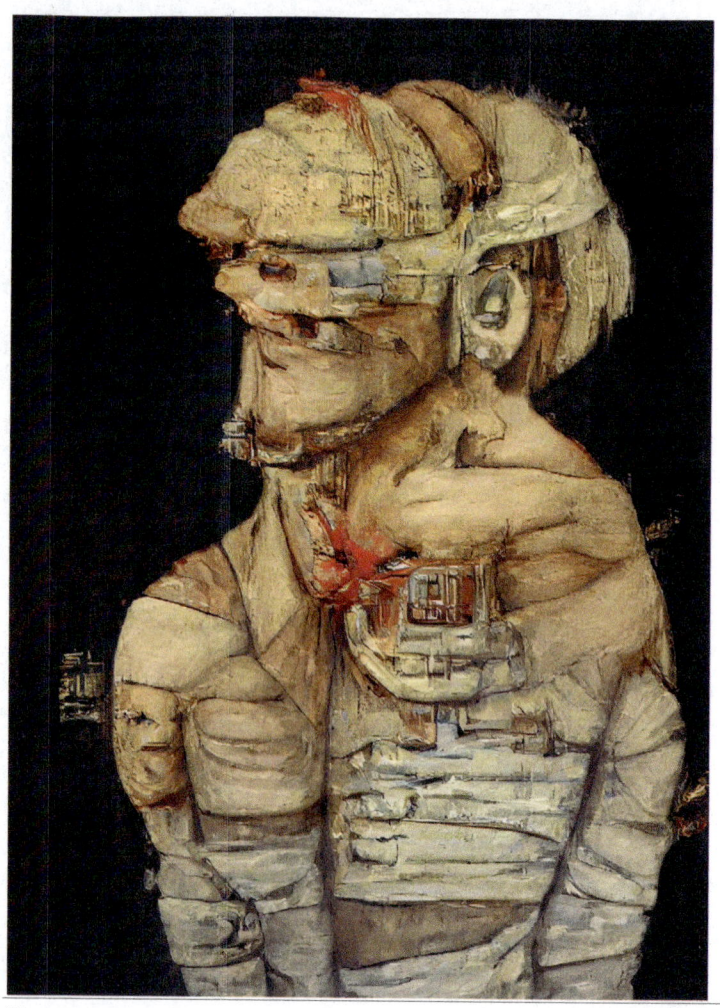

Sei il tesoro felice che ricevo in dono.
Sei la divina benedizione.
Sei tutto ciò che mi spinge a guardare oltre
i confini entro cui ho creduto di "esistere".
Sei la proiezione a cui aspiro
e a cui tendo i nervi, i muscoli, il cuore.
Sei carne ed essenza.
Sei pensiero ed assenza.
Sei indomita ragione ed infinita passione
che ovunque ricerca la tempestosa presenza
di due braccia entro cui abbandonarsi,
per trovare l'inizio e la fine di tutte le vite.
Rivelati, ti sto amando.

Vogliono venirti a salvare, ma solo dove si tocca...
E tu, promettiti il mare, sempre.

Ho sogni troppo grandi
per riporli in dei cassetti:
così li affido al cielo e alle sue stelle
per farli realizzare...

Non puoi spiegare il dolore
inutile interrogarsi
sul perché ci sia venuto a trovare...
- Perché proprio a me? –
Perderesti la sua immensa funzione,
di trasformarti, di farti "uscire fuori"
travalicando limiti e convinzioni
che non hai mai creduto di avere.

La funzione del dolore è trasmutare,
trasmutare te stesso
allontanandoti dalla sofferenza,
rifuggendo il limbo e le contraddizioni
di una mente che cerca di dare un senso a tutto.

Il dolore non ha un senso,
il dolore va ascoltato,
vissuto nei suoi picchi emozionali,
benedetto e poi lasciato andare...

Lo incontrerai, lo vedrai distruggere tutto
in mille pezzi, tutto intorno a te,
ma un giorno di quei pezzi
ne diverrai artigiano
costruendo una splendida armatura
fatta di fuoco e oro.

Soltanto allora capirai.
Il dolore è tutto ciò che devi accogliere.

Il tuo petto che mi accoglie
spegne in me l'inquietudine
di non essere abbastanza.

La tua bocca mi dà aria
la tua pelle, nutrimento.

Lascio indietro la distanza
tra i miei sogni e il divenire
per poi diventare Circe,
incantatrice sopra il mare.

Di bisogni e pentimenti
non risparmio a Dio il timore
di vedermi consumata
tra calore ed emozione.

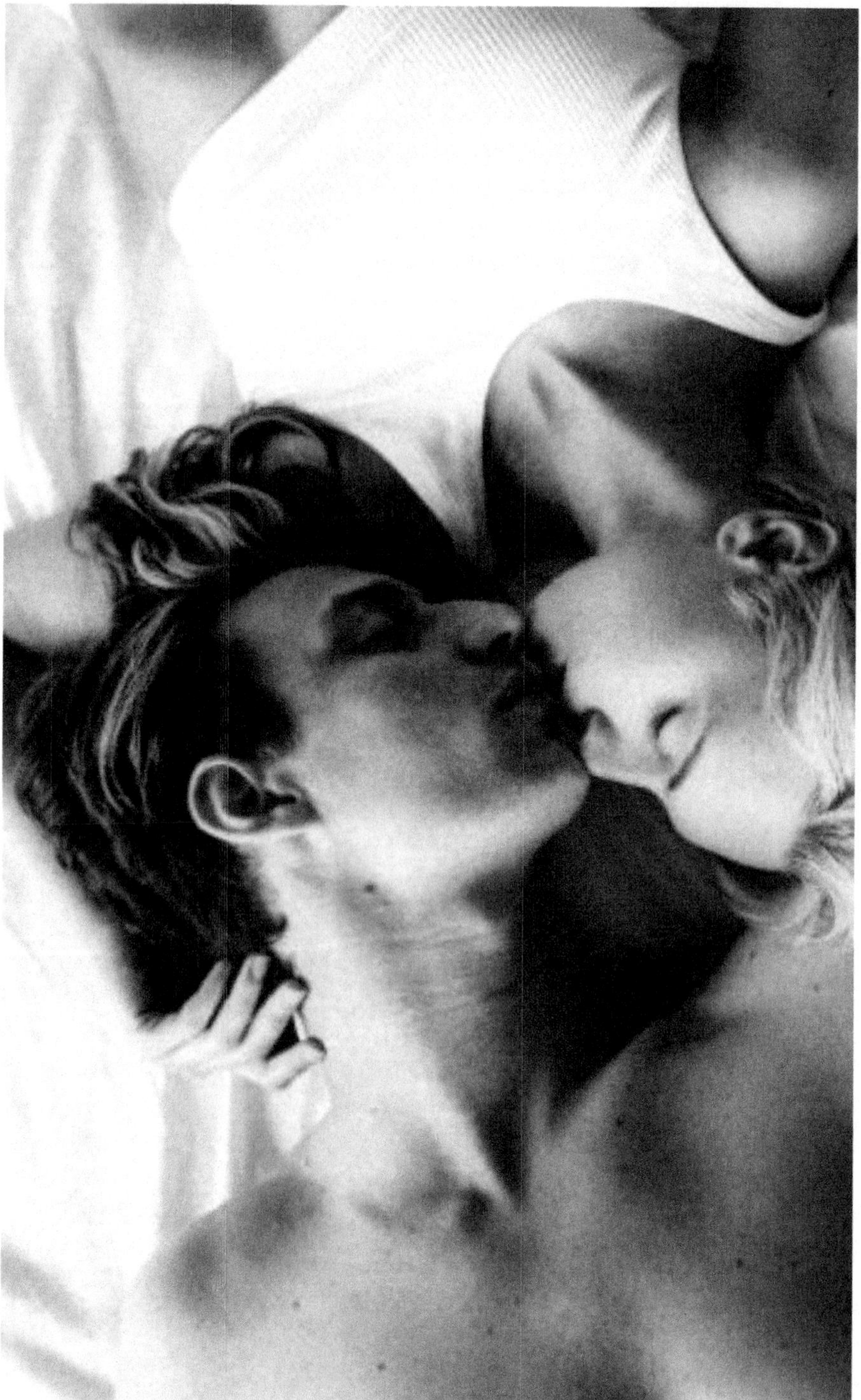

In fuga estenuante dal desiderio
incontro l'ossessione,
ritrovo in ogni dove
la certezza e l'appiglio
di tutto ciò che è incompleto.

Sottofondo ad ogni pensiero
la tua presenza è
meta e destinazione
di tutto ciò che mi attende.

Annega il respiro,
diventa dolore
fitto di spada,
livido,
tra cuore e spirito.

Risvegliato alla mia presenza
cerco carne e sentimento
rinnegando la privazione
dell'arida sconfitta
di chi da te è lontano
ma in te è uno.

Esplodi nella mente
mentre cerco la poesia.
Sei il posto in cui
non voglio più tornare.

Incanto di colori
trasportati da tempeste,
improvvise maree.

Mentre ti avvicini lento
sento intenso
il profumo di nostalgia.

Baciatevi con cura,
al di là dei corpi,
nutrendovi
di attimi di felicità
che vi sublimano
in anima infinita.

Riesco a leggerli i tuoi occhi,
anche se non mi credi...
Ci ho scoperto la sorpresa
illuminata con tutti i colori della felicità
volgere altrove in cerca di evasioni.

In fuga dal circolo delle possibilità
li ho visti indugiare e tenersi l'impavido
per la paura di distruggere per poi ricostruire.
Mi hanno descritto il potere del desiderio
e la sua crescita sull'insicurezza.

L'incontro con la mia determinazione
prigioniera intuitiva del passato
resa incapace di agire
sotto il peso dell'orgoglio.
Hanno mistificato la tristezza
del non sapere quando
potersi prendere di nuovo.

Ci ho fatto l'amore almeno
un milione di volte con i tuoi occhi
mentre tu immaginavi di farlo
soltanto col mio corpo...

A te che non ti arrendi mai
che hai emozioni forti
potenti come maree
A te che il cielo
regala ancora sogni...

Tu sei fatta d'amore.
Lascia cadere i pochi pezzi
che ti sono concessi
e segui le intuizioni.

Sono veri quei messaggi
che ti parlano di nuovi inizi.

Abbraccia chi non ha trovato in te
niente di speciale
e procedi incessantemente
verso il nuovo mondo.

Costruisci ogni giorno
la versione migliore di te
e donala soltanto
a chi sentirai parte di te.

Il caso decide ciò che arriva
nella nostra vita,
ma noi possiamo decidere
come fermare, sentire,
utilizzare e liberare il
tempo
che ci appartiene.

E' così che si genera il

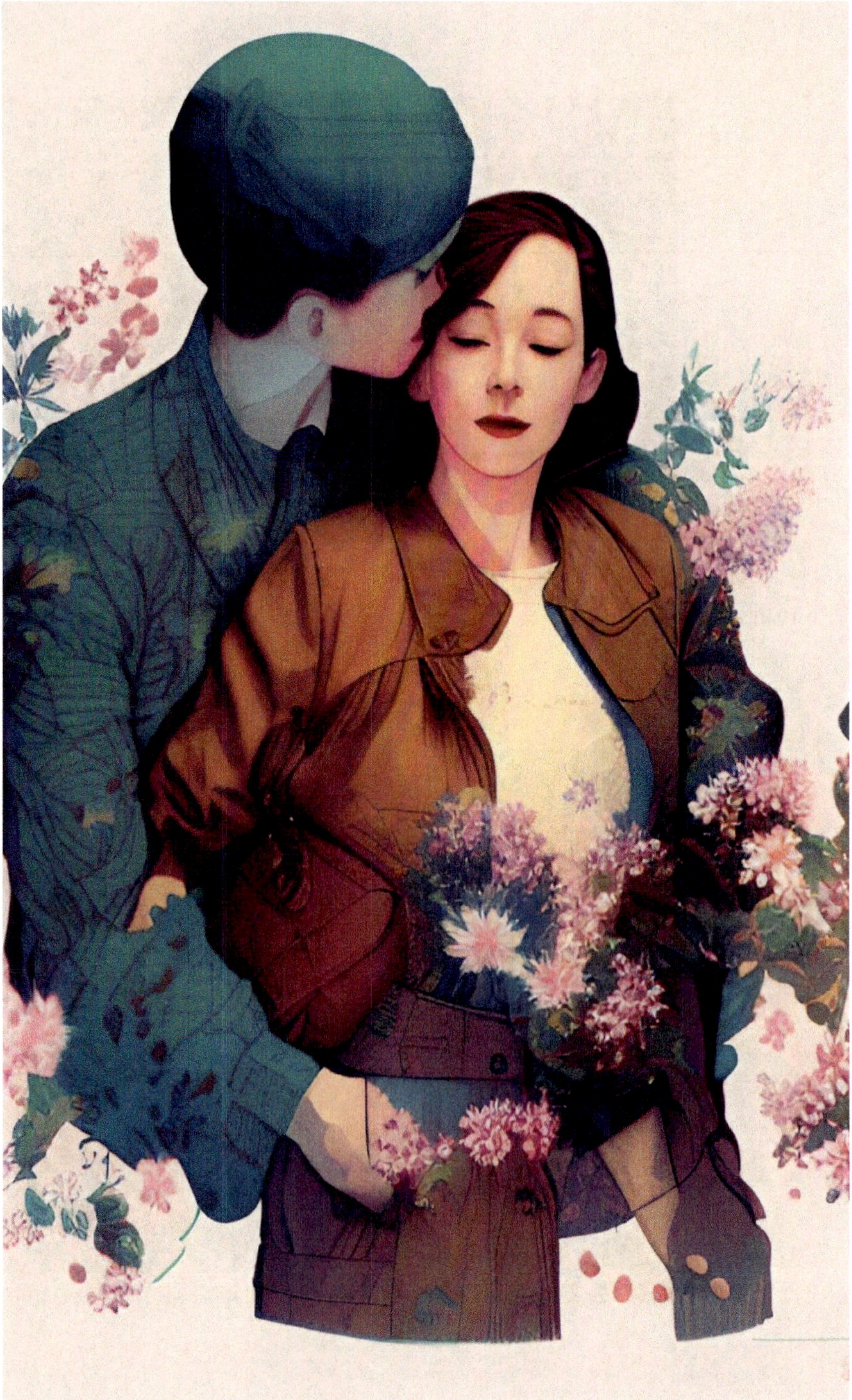

Innegabile frastuono che deraglia il tempo
delirio onnipotente di paure limitanti.
Imparo nel dolore
casomai escludessi il rischio
Imparo nella felicità
accogliendo pace senza fine.
Inganno e seduzione
buonsenso e libertà.
Rifiuto e rassegnazione
di una terra avida e incostante.
Incontro ancora i tuoi occhi
inesorabile fiamma
su un tappeto di brace.
Laddove il limite sovrasta ogni virtù
cederemo impunemente
mescolandoci in lacrime e sangue.
Sarà tragedia e solitudine
sarà ricerca e sete più profonda
ma soltanto allora si riconosceranno
gli antichi profumi di due anime
destinate a fondersi in una sola.

Lasciami confondere con l'oscurità della notte,
che io possa vedere l'immensità del cielo
e la profondità dell'anima mia.
Che io possa cogliere la luce di migliaia di stelle
e perdermi nell'oceano più profondo...
Cieli sconfinati traboccano attraverso i miei occhi,
travaso di linfa nelle rocce primordiali,
dove il mio sangue s'insinua in mille crepacci della terra.
...dove mai marcirò a carne perduta,
nel fumo che polverizza il mio pensiero...
... e restare in silenzio nel più desolato deserto.

Lasciami andare nelle foreste più tenebrose
per cercare un raggio di luce che illumini il mondo.
Lasciami bagnare il mio spirito nell'acqua
e lascia che le rocce siano il mio corpo.
No, non crederò alla libertà
se non alla morte apparente delle cose infinite,
che si tramutano e si confondono in mille volti
destinati a scomparire nel nulla.

Lasciami morire,
che io entri nel grande sonno della morte,
nel grande riposo eterno,
dove tutto si acquieta,
tutto si rinnova.
Che io possa tornare nelle nuvole,
al di là del vivido orizzonte,
per confondermi con il blu e
con il nero più profondo
dello spazio eterno.
Tornerò riflessa in una goccia d'acqua,
a gettare nel vuoto la mia disperazione,
...il dolore, l'angoscia...
per donarmi interamente a te.
Sarò ovunque mi cercherai: nella luce del sole vedrai i miei occhi,
il mio sorriso lo vedrai nell'immensità del cielo,
e nella profondità della terra vedrai il mio corpo.

Lasciami vivere, che io possa confondermi
con gli occhi degli altri, incastrarmi tra i sorrisi.

Lasciami morire,
che la mia essenza si estenda
nel respiro di Dio.

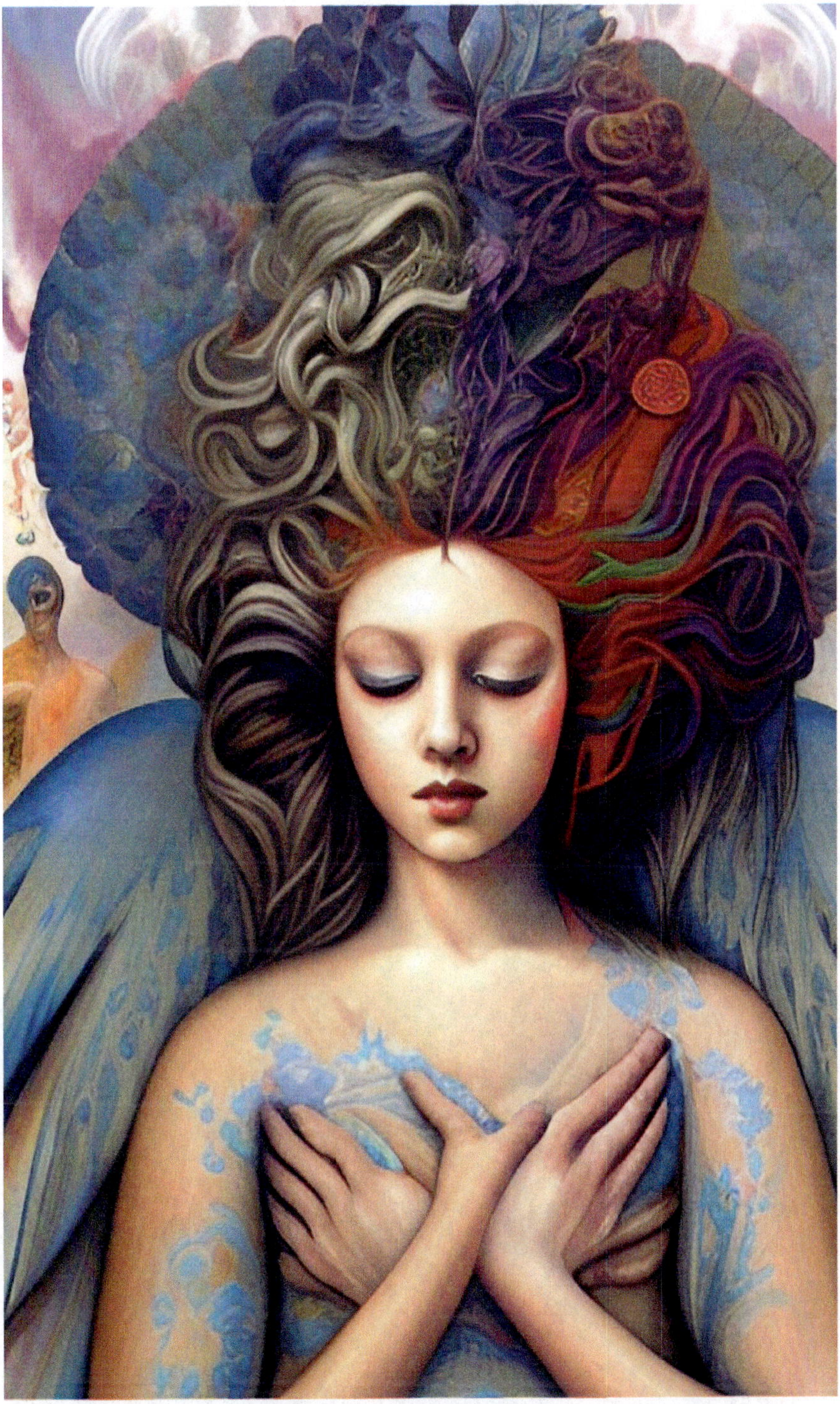

Non so di che specie siano
i pesci che guizzano
in quel mare di sangue;

saltano fuori dall'acqua
rossa, appiccicosa,
e si lasciano morire
sulla riva;

incubi di squame.

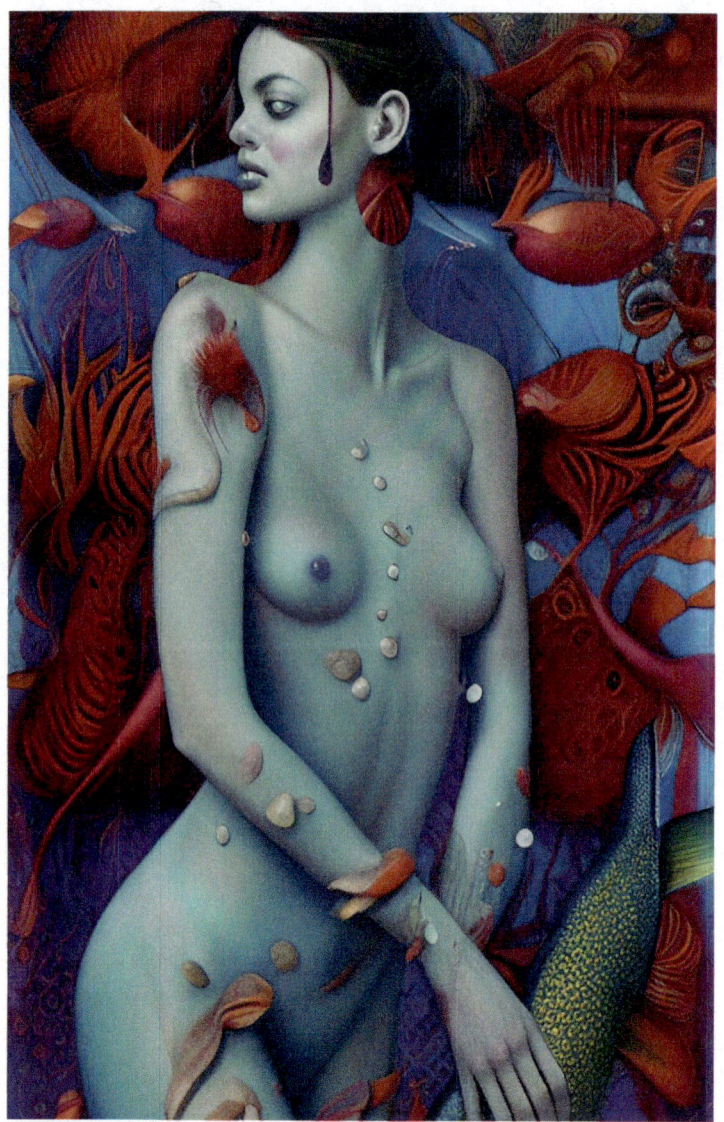

Siamo quella storia che non abbiamo raccontato,
un'ipotesi appesa, sconvolgente e raffinata,
trasportata dalle ali di un angelo.

Io che cerco nuove intenzioni su cui approdare.
Tu che raccogli brillanti idee per sfamare sogni.

Non ci riconoscemmo nel bisogno,
ma nel ritorno della vibrazione espansa
che parla ancora di noi.

[D'improvviso ci pervase]

Scappiamo lontano:
dai condizionamenti,
dall'instabilità sconsiderata,
dalle sottese incomprensioni,
dalla frammentazione di noi stessi,
dalle teorie sull'abbandono.

Un ultimo istante, e adesso,
puoi decidere
di prendermi per mano.

Dove vuoi che vada senza di te?
Ho vissuto finora
nell'impazienza di incontrarti
di togliermi la corazza
abbassare le difese
verso un mondo
che mi ha reso vulnerabile
e schiavo della sofferenza.
Nutrimi delle tue emozioni
di sorrisi e di baci...
Non ti lascio andare via
sei una stella rara
energica e vitale
che con la sua presenza
illumina il mio mondo
ed ogni cosa...

Rimani
per la tristezza,
oltre l'incanto
di sogni sfiorati
intrisi di sospiri...

Trattengo il respiro e m'accorgo
che fissa nella mente c'è l'immagine dei tuoi occhi.
Salvami da questa delirante apnea,
vieni a baciarmi.

Se cado, amore mio
tu non aver paura.
Continua a correre nel vento
a far fiorire la forza dell'Essere
ed io sarò con te sempre,
anche nell'addio più denso di dolore.
Vana è ogni distanza che
tenta di separare il cuore.
Ne fa mille pezzi
ma si ricomporranno sempre
nell'infinita contrapposizione
della dualità del flusso.
L'ascesi di coscienza accoglie
il frutto del dolore,
un fiume di emozioni che
esonda oltre ogni riparo,
da cui l'eterna rigenerazione
affiora nel tuo stesso sentire.
Siamo qui per compenetrare
Vita.

Ogni grande potere
per non essere
distruttivo
presuppone
una dose ancor più
grande
di responsabilità.

La vita ti insegna attraversando ogni dolore e liberandoti dalle paure
a scoprire consapevolezze che prima sottacevi.
Quando scenderai nel buio più freddo e cupo,
scoprirai che l'amore è sempre più grande
di ciò che perdi… e ritorna. Ritorna quando il destino è sicuro
che tu non possa più fare marcia indietro…
Quando non ci sarà più niente che potrai fare e da poter recuperare…
Anche se ti sembrerà tutto sbagliato,
anche se sarai assalito dallo spavento di non avercela fatta,
tu continua ad andare avanti, oltre la stanchezza.
Continua a camminare, a sperimentare nuove strade,
perché ne uscirai solamente quando riuscirai ad immaginare
quanto sarà bello ritornare a veder le stelle…

Mantieni le distanze
da chi ti vuole sempre
uguale e non ti permette
di fiorire.

Nella Vita poche persone
ti insegneranno
qualcosa di importante,
tutte le altre ti insegneranno
come non dovrai essere.

Un giorno ti ritroverai a
pensare a quanti
di quei macigni che
ti porti dentro
puoi dare ancora un nome...
Alcuni saranno scomparsi,
altri... chissà...
avranno un diverso colore...
ma tutti assieme
continueranno a disegnare
la tua vita, dandogli
quel senso più profondo
che solo a te
appartiene...

Il mondo appartiene
a coloro che sanno
scorgere
la bellezza e la delicatezza
di ogni cosa.

In bilico
sui miei dolci pensieri
imparo a conoscermi,
traspare la voglia di te,
dei tuoi gesti gentili,
delle tue poche parole;
traspare dai vetri appannati,
dove incontro per caso,
i miei desideri.

Ogni sofferenza
nasconde
le sue recondite
benedizioni.

Un giorno ti racconterò di quando tu eri ancora nella mia pancia
ed io ti sussurravo segreti sotto le stelle.
Di quanto a pochi giorni dal tuo arrivo non riuscissi più a
contenere la paura e il desiderio di conoscerti.
Ti spiegherò di come, a poche ore dalla tua nascita, avessi capito
che in quell'istante saremmo nati assieme e che tutto
avrebbe avuto più senso solo restando assieme:
le gioie, i dolori, le paure, le conquiste.
Un giorno ti racconterò quante cose mi hai insegnato,
e di tutte le volte che guardandomi negli occhi e sorridendo
è stato come sentirti dire: "nessuna mamma è perfetta,
ma ogni mamma è quella giusta, e tu lo sei".

Il tempo non asciuga
le lacrime versate.
Ti fa capire quali
erano necessarie per
crescere.

Sceglierò l'armonia in questo mondo
...ed in solitudine adagerò il mio corpo sulla nuda terra,
mi lascerò fluire come l'acqua tra le pietre di fiume.
Abbraccerò la Natura e ne farò libro di unicità e bellezza.
Berrò l'acqua della Tua fonte, conoscerò me stesso e la mia missione
e brucerà il fuoco della volontà infrangibile.
Nessun freddo potrà toccare il mio cuore,
scruterò il cielo tra spiragli di sequoia, e sotto fiori gialli aspetterò.
Aspetterò che sopraggiunga il sereno...

Le parole si macerano nell'anima
prima di finire a seccare
su fogli stanchi di attendere.

Le scintille dell'incontro
accendono brevi luci
e ricadono in attesa
dentro cassetti impolverati.

La miccia è accesa
e muove lenta e inesorabile
verso le polveri.
S'innalzeranno verso il cielo
lingue di fuoco
a disegnare nuovi mondi
o fiabe antiche
di cavalieri erranti
...e il cielo brillerà
di utopiche stelle
regalo dei poeti.

Tanto è sacro questo radicamento
che ancora le sue radici
scavando un po' più a fondo...

Nel buio freddo e pesto
supera infestazioni di odio e maldicenza.
Oltrepassa i limiti distesi
di cieche ipocrisie;
inganni di distanze evanescenti
filtrano la gioia
tra linee d'orizzonte.

Accogli questa notte la deposizione del dolore
tra perturbate increspature di cime tra le stelle.
E senti il vento che ora colpisce le tue fronde...
Benedicilo, affinché ti erga a fulmine e forza
nella rigogliosa tempesta del nuovo giorno.

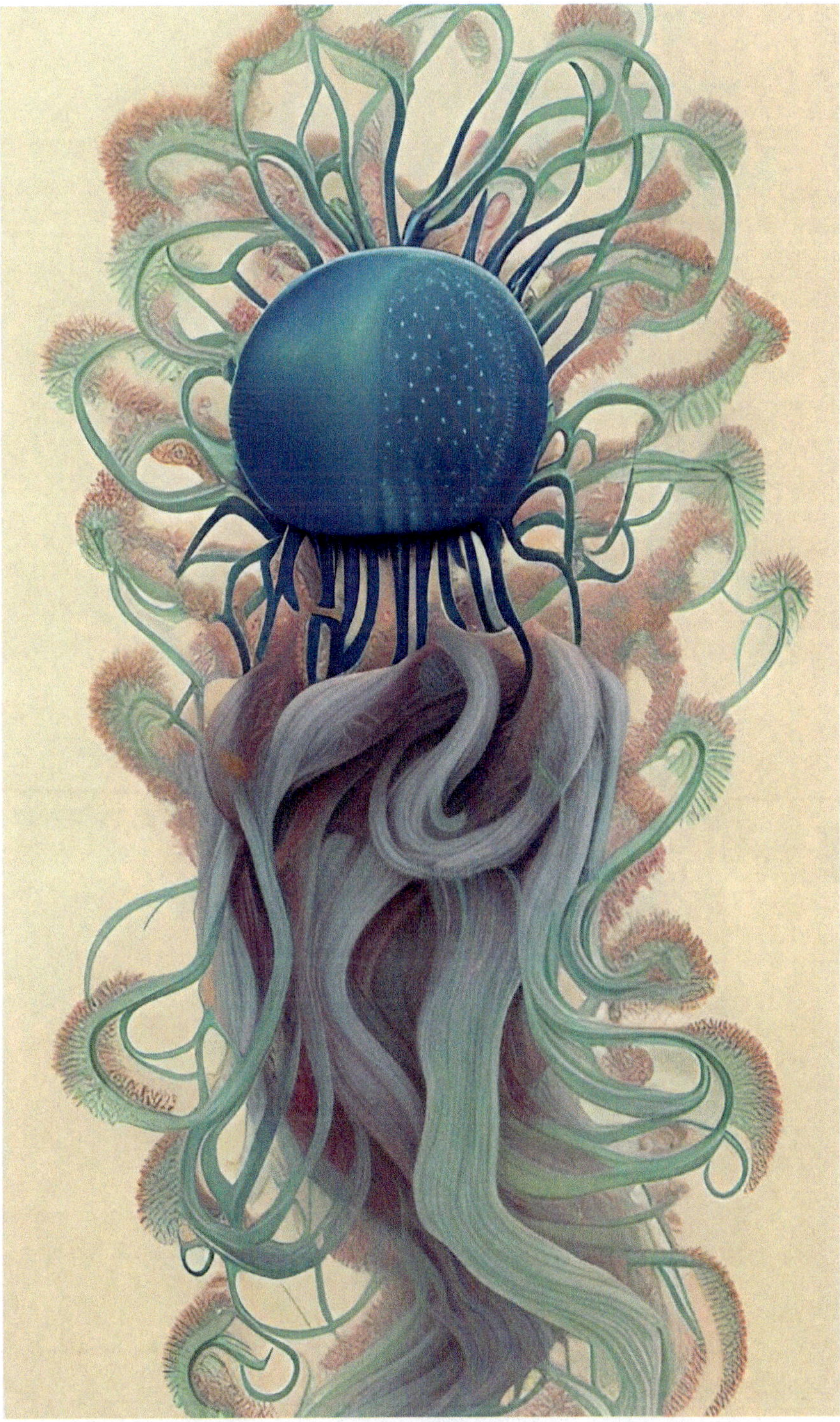

Giro in tondo, lontano dall'amore
lontano da te,
dalla certezza dei mei giorni;
sollievo dalla sofferenza.
Ritornerò per abbracciarti forte
e non lasciarti più…
Resta ancora nel mio cuore
a farmi compagnia…
Un pensiero ti aspetta al chiaro di luna,
tra mille stelle che brillano
ed illuminano i tuoi occhi…
più belli che mai.

Devozione a te
che spezzi il pane,
e non a chi
lo moltiplica,
illusoriamente.

Ho voglia di andarmene
sparire e respirare,
chiudere i miei occhi stanchi
e guardare attraverso la luce.

Reincontrare te
e l'animo in cui rifondermi.

La mia evanescente struttura
sfiora il dolce sapore
dell'Eternità di cui mi compongo…

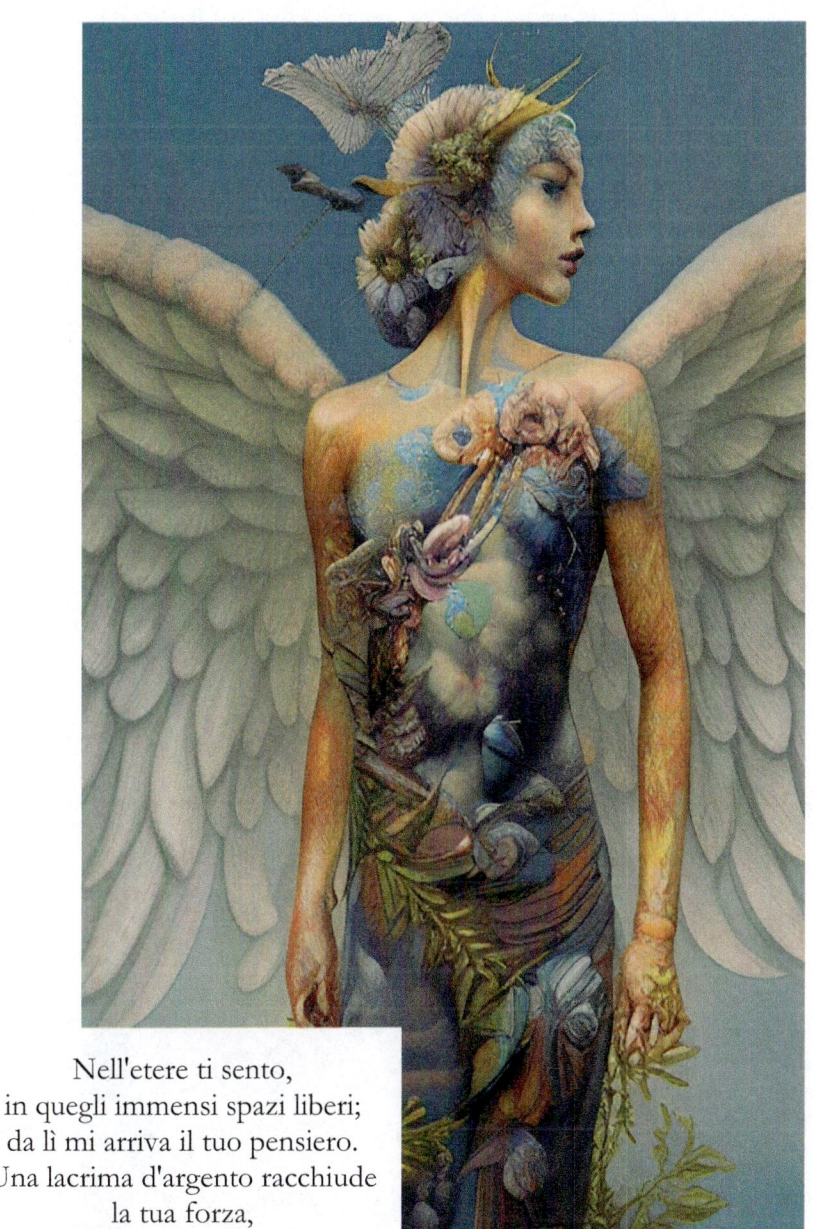

Nell'etere ti sento,
in quegli immensi spazi liberi;
da lì mi arriva il tuo pensiero.
Una lacrima d'argento racchiude
la tua forza,
il 'noi' si espande
nell'incrociarsi di pensieri.
Senza tracciare strade,
senza dirigerli,
si vivificano i desideri.

Le donne che amano le piccole cose sono speciali.
Riescono a vedere l'essenza, la profondità
e la magia nel mondo attorno a loro.

Sono donne che non si accontentano
di restare tra le apparenze.

Respirano sentimento, animo e piacere
per magnifiche ricchezze
comunemente considerate banali.

La loro anima è empatica, si emoziona e vibra
alle dolci preziosità della vita.

Quante volte ho incontrato l'Amore?
Negli sguardi, tra le mani, nella pelle,
lungo i brividi, sulle labbra...
l'Amore è in ogni attimo in cui
si manifesta il sorriso dell'Anima...